AtV

Ollivier Pourriol, geboren 1971, wuchs in der Provence auf. Absolvent der École Normale, verbrachte er ein Jahr in London, zwei in den USA und lebt heute als Philosophielehrer und Drehbuchautor in Paris. »Mephistowalzer« ist sein erster Roman.

Ein junger französischer Pianist wird zum berühmten Warschauer Chopin-Wettbewerb eingeladen. Dies hat er keinem Geringeren zu verdanken als Pietr Ostreich, dem begnadeten Musiker, Provokateur, Trunkenbold und ... Präsidenten der Jury. Während ein besessenes Publikum täglich zehn Stunden lang demselben Chopin-Stück lauscht, sieht sich unser junger Pianist in der klirrenden Kälte des polnischen Winters einer Reihe verstörender Prüfungen ausgesetzt. Wankelmütig richtet er sein Begehren auf drei gleichermaßen unerreichbare Frauen. Seinen Kontrahenten Ergo Zeitos, ein selbstzerstörerisches Genie, verfolgt er mit galligem Neid. Und er begegnet Zakhor, einem gespenstischen alten Mann ohne Hände, von dem es heißt, er habe durch sein Klavierspiel das Konzentrationslager überlebt. Dann, mitten im Finale, geschieht ein Mord. Tatwaffe: die Musik.

Fasziniert verfolgt man diesen Wettbewerb, dessen wahres Spiel hinter den Kulissen entschieden wird, dessen Musik, weit davon entfernt, die Sitten zu verfeinern, sie zu verderben scheint, bis hin zum Verbrechen.

OLLIVIER POURRIOL

Mephistowalzer

ROMAN

AUS DEM FRANZÖSISCHEN
VON RIEK WALTHER

Aufbau Taschenbuch Verlag

ISBN 3-7466-2191-7

1. Auflage 2005

Umschlaggestaltung Simone Leitenberger
unter Verwendung eines Fotos von Bryan Reinhart
Druck und Binden C. H. Beck, Nördlingen
Printed in Germany

www.aufbau-taschenbuch.de

VORRUNDE

Gott ist's, der mein Herz mutlos gemacht,
und der Allmächtige, der mich erschreckt hat;
denn nicht der Finsternis wegen muß ich schweigen,
und nicht, weil Dunkel mein Angesicht deckt.

Hiob 23

Ich bin Pianist. Ich sollte nicht schreiben, ich bin mir bewußt, daß ich hier nicht alles zeige, was meine Finger zu bieten haben, aber ich muß ein Geständnis ablegen. Klavier zu spielen erleichtert mich nicht mehr. Ich muß sprechen. Ich muß berichten, wie ich einen Menschen getötet habe.

Es war eigentlich kein Mensch. Es war ein Pianist. Vielleicht wäre es das beste, die Dinge der Reihe nach zu erzählen. Verzeihen Sie mir alles an dieser Geschichte, Stil habe ich nur, wenn ich andere interpretiere. Allein tauge ich nichts. Man hat mir geraten, ich solle mir einen Ghostwriter nehmen. Aber es fällt mir ja schon schwer, meine eigene Anwesenheit zu ertragen. Nun gut. Sehen wir, wie alles begonnen hat. Es war Ende Oktober.

Das Gewöhnliche habe ich schon immer verabscheut. Ich sitze friedlich und beengt auf meinem Platz in der zweiten Klasse und betrachte das Tablett, das eine ebenfalls zweitklassige Stewardeß soeben auf meinem Klapptisch abgestellt hat. Die Maschine fliegt nach Warschau, es muß sich um slawische Kost handeln. Exotik rettet sogar unter Plastikfolie vor der Minderwertigkeit. Aber sind wir schon weit genug von Paris entfernt, um in den Genuß von Exotik zu kommen? An meinen Nachbarn gewandt, dessen gesamtes Äußeres – korrekter Anzug, schütteres Haar mit gepflegtem

Schnitt, sparsame Gesten, teurer Stift in der Brusttasche – den französischen Geschäftsmann auf Reisen verrät, zeige ich auf mein Tablett und sage mit unüberhörbarer Ironie: »Wun-der-bar!« Der Mann sieht mich einen Moment lang schweigend an. Dann fragt er mit leichtem Lächeln:

»Sie mögen Polen also?«

Ich sagte schon, daß ich das Gewöhnliche verabscheue. Doch hören Sie nur, was ich antworte:

»Polen ... reizt mich eigentlich nicht besonders. Es muß wirklich ein bescheuertes Land sein. Bevölkert von Antisemiten, Alkoholikern und antisemitischen Alkoholikern.«

»Sie sollten nicht auf Klischees hereinfallen, junger Mann ...«

Seine Stimme klingt sehr sanft. Mitten im Satz wird sie unterbrochen durch das Erscheinen einer prachtvollen Schirmmütze, der des Flugkapitäns. Er bleibt vor meinem Nachbarn stehen und begrüßt ihn mit einer Verbeugung und in einer Sprache, die schon irgendwie nach Polnisch klingt. Mein Nachbar antwortet ihm in der gleichen Art von Sprache, aber nach dem, was ich gerade gesagt habe, kann ich das Offensichtliche nur ablehnen. Eine Turbulenz schüttelt uns ein wenig. Der Flugkapitän kehrt in sein Cockpit zurück. Die Stunde meiner Rechtfertigung hat geschlagen. Ich hole Luft.

»Zu dumm. Sie sind Pole, ganz eindeutig. Nein, jetzt hab ich's, Sie sind Franzose, aber Sie können die Sprache?«

»Seien Sie unbesorgt: Ich bin kein Franzose, aber ich trage es Ihnen nicht nach. Mein Beruf hat mich vom Wert der Diplomatie überzeugt ...«

Schnell den Faden aufgreifen.

»Ach, und welcher Beruf ist das?«

Nun werde ich unterbrochen, von einem schmerbäuchigen, kahlköpfigen Mann mit Zigarre, der wohl gerade von der Toilette kommt und meinen Gesprächspartner mit Worten anspricht, deren Tragweite ich erst nach einer kleinen Ewigkeit begreife.

»Meine Hochachtung, Herr Premierminister. Ich hoffe, Sie denken bei der Ausschreibung an uns.«

»Ich werde Sie nicht vergessen, mein lieber Mercier.«

Und ohne besagten Mercier eines weiteren Blickes zu würdigen:

»Damit wäre Ihre Frage beantwortet. Es gibt nur zwei Polen, die sich ernsthaft die Mühe gemacht haben, Französisch zu lernen. Johannes Paul II. und ich.«

»Es ist wirklich unverzeihlich von mir ...«

»Nein, Sie haben recht. Wir sind Alkoholiker und Antisemiten. Aber unser Wodka ist besser als der der Russen, und da wir ständig betrunken sind, können wir den Juden nicht ernsthaft etwas zuleide tun. Die Deutschen waren nüchtern.«

»Sie tranken Bier.«

»Eben. Wenn Sie die Geschichte unseres Landes kennen würden, wüßten Sie, wie tief wir in der Schuld der Juden stehen. Sie haben viel dazu beigetragen, Polen zu errichten. Deutschland übrigens auch. Kennen Sie den Ausspruch von Wagner: ›Wir sind Quadratesel, die alles von den Juden geliehen haben ...‹.«

Dieser Mann, ganz Scharfsinn und Gleichmut, legt einen verwirrenden Humor an den Tag. Von seinem salbungsvollen Redefluß eingelullt, entspanne ich mich allmählich und erhole mich von dem diplomatischen Zwischenfall, dem wir mit knapper Not entronnen sind. In der Glut der Beschämung habe ich die kleine Flasche Wodka, die mir die Stewardeß reichte, in einem Zug ausgetrunken, wohl in der Hoffnung, daraus Vergessen zu schöpfen, da der Freikauf unmöglich ist. Aber das sichtliche Vergnügen meines Nachbarn daran, mich in der Sprache Molières zu unterhalten, läßt mich einen Hoffnungsschimmer erahnen. Indem ich zu seinem brillanten Monolog von Zeit zu Zeit nicke, kann ich meinen Affront vielleicht wiedergutmachen.

»... Es ist der Mangel an Sprache, der die Juden umbringen wird. Sie sprechen alle ein bißchen, aber keine richtig. Nichts hält sie. Die Juden sind verirrte Worte auf unserer Erde. Aber wir landen gleich. Es war mir ein Vergnügen, mit Ihnen zu diskutieren. Metaphysik und Religion haben ihren Platz nur in Flugzeugen. Hoch über den Menschen. Sehen sie aus dem Fenster ... Warschau.«

Warschau ist weiß. Warschau, das 1939 noch ein üppiges Barockgemälde mit schillernden Farben und Goldtönen war, Warschau ist weiß auf weißem Grund. Der Schnee schenkt ihm gütigst einen Mantel, um das Elend zu kaschieren, denn unter diesem Weiß verbirgt sich nur die erschreckende Leere, die im Jahre 1945 von den Barbaren hinterlassen wurde. Nach dem Krieg sind aus dieser Tabula rasa die stalinschen Pilze finsterster Architektur geschossen. Warschau unter dem Schnee, das ist noch das beste, was der Stadt passieren kann.

Mein Nachbar ist verstummt. Ich stelle ihm die Frage, die mir auf der Zunge brennt, seit ich erfahren habe, welches Amt er bekleidet:

»Eine Kleinigkeit wüßte ich gern ... Was machen Sie in der Economy Class?«

Ein Lächeln. Er legt den Zeigefinger an die Lippen und murmelt:

»Junger Mann, heutzutage sitzen wir alle in der Economy Class.«

Ist es der Alkohol oder der Aphorismus, ich verstehe nicht, was er meint, und das sieht man mir offenbar an, denn er fährt fort:

»Tatsächlich liegt es daran, daß ich … incognito reise.«

Die Maschine setzt mit quietschenden Reifen auf. Die üblichen Äußerungen über die slawische Seele kommen mir in den Sinn, sie gilt als so wehleidig, daß ich sie mir gut als Teil des Fahrgestells vorstellen kann.

»Unser Empfangskomitee!« sagt mein Nachbar mit Blick aus dem Fenster.

Eine kleine Menschenmenge hat die Rollbahn besetzt und drängt sich, Spruchbänder schwenkend, um die Maschine. Sie skandiert. *Zyd! Zyd! Zyd!*

»Rufen die Ihren Namen?«

»Nein, sie beschimpfen mich als Juden.«

Trotz allem, was er gerade über dieses Thema gesagt hat, scheint er die Fassung nicht zu verlieren. Die Menge ruft *Zyd! Zyd! Zyd!* Sie blockiert das Flugzeug und schreit »Jude«. Ich erliege meiner Neugier.

»Sind sie denn Jude?«

»Mein lieber Freund«, sagt er und schenkt uns noch ein Glas Wodka ein, »in Polen gibt es keine Juden mehr. Gott sei Dank. Auf Ihr Wohl.«

Er leert sein Glas in einem Zug. Ich meines auch.

»Es sind nur noch ein paar vereinzelte übrig; sie sind selten. Ich bin natürlich Jude, und wenn es nach denen ginge, wäre die ganze Regierung jüdisch, die gesamte kommunistische Partei; im Parlament und im Senat hätten wir zwar nur 80 Prozent Juden, aber der Papst selbst wäre Jude und der ganze Vatikan von Juden durchsetzt, das gesamte polnische Episkopat jüdisch bis auf einen deutschen Bischof, Lech Wałęsa höchstselbst und seine Frau, Juden, insgesamt hätten wir in Polen zwei Millionen Juden. Sie selbst, der Sie gerade auf dem gesegneten Boden Polens aufgesetzt haben, müssen allein aufgrund dieser Berührung, und falls das nicht genügen sollte, durch die Nachbarschaft unserer beiden Sitze Jude sein. Aber Sie haben mir immer noch nicht gesagt, was Sie nach Polen geführt hat ...«

Er schenkt mir noch ein Glas Wodka ein.

»Sie haben doch sicher nicht die ganze Reise auf sich genommen, um mich einen Antisemiten oder Alkoholiker zu schimpfen, oder?«

»Ich komme zum Chopin-Wettbewerb.«

»Sind Sie Pianist?«

»Ich spiele Klavier.«

»Fühlen Sie sich bereit? Glauben Sie, daß Sie eine Chance haben?«

»Nein.«

»Niemand wird diese Frage je mit ja beantworten. Wer hat Sie vorbereitet?«

»Ich habe keinen Lehrer. Ich wurde von Ostreich eingeladen.«

»Sie kennen den großen Ostreich? Dann haben Sie eine Chance. Er hat in diesem Jahr den Vorsitz der Jury. Der erste Preis wurde seit fünfzehn Jahren nicht vergeben. Es ist mir eine Ehre, einem der Anwärter begegnet zu sein. Hören Sie, man empfängt Sie mit Fanfarenklängen.«

Der Lärm der Menge wird lauter. *Żyd! Żyd! Żyd!* Sie zischt wie eine Schlange. *Żyd! Żyd! Żyd!*

»Diese Beerdigung in Athen, erinnern Sie sich, dieser griechische Abgeordnete, der unter der Militärdiktatur ermordet wurde. Es war schrecklich heiß, eine riesige Menschenmenge hatte sich versammelt, der Sarg des Abgeordneten wurde durch die Menge getragen, und diese Menge rief *Zi! Zi! Zi!*, wenn er vorbeikam. Zi, das bedeutet ›Er lebt‹ auf griechisch. Dieser Mann war tot, und die Menge versprach ihm, ihn lebendig zu erhalten. *Zi! Zi! Zi!* Ich bin lebendig, und mir verspricht man den Tod mit einem Buchstaben mehr. Was macht den Unterschied? Ein Buchstabe! Ein Wort. Ich sagte Ihnen ja: Das Judenproblem ist ein Sprachproblem.«

Żyd! Żyd! Żyd!

Die Polizei hält die jetzt völlig entfesselten Demonstranten so gut es geht in Schach, ein paar Schläge mit dem Gummiknüppel, ein paar Verwarnungen, und bald kann eine Gangway an die hintere Tür der Maschine geschoben werden. Unter den Buhrufen steigen wir aus, unwillkürlich ducke ich mich aus Furcht vor Steinen. Nichts kommt, bis auf den betäubenden Refrain *Żyd! Żyd! Żyd!*, der unserer Ankunft eine falsche Atmosphäre von Provence und Zikaden verleiht, die die beißende Kälte aber schnell Lügen straft. Mein Reisegefahrte verschwindet in einem Dienstwagen, ohne sich von mir zu verabschieden. Der Wagen legt einen Blitzstart hin, die Reifen quietschen, immer diese wehleidige Seele. Die Zikaden verstummen mit der Abfahrt der Limousine, sie zerstreuen sich bald, ich bahne mir meinen Weg zur Paßkontrolle.

Ostreich erwartet mich in der Nähe des Gepäckbandes. Mit seinem üblichen belustigten Lächeln auf den Lippen, die Hände in den Taschen, raucht er einen Zigarillo und begrüßt mich von weitem mit einem kurzen Kopfnicken.

Ich greife mein Gepäck, komme ohne Schwierigkeiten durch den Zoll und gehe zu ihm. Er reicht mir nicht die Hand. Ich habe zwei Koffer. Er überläßt mir beide.

»Gute Reise gehabt?«

Er wartet die Antwort nicht ab, marschiert im Sturmschritt durch die Halle und fährt, zu mir gewandt, fort:

»Mit dem Flugzeug ist es ein Katzensprung. Sie sind in der Vorstadt Europas.«

Ostreich winkt einem Taxi, das aber nicht anhält. Er steckt einem als Träger verkleideten Kerl mit Käppi einen Dollar zu, der pfeift wie eine Lokomotive und gestikuliert gebieterisch. Ein Trabant bremst: grün, mit abgeblättertem Lack, er trägt keinerlei Aufschrift und hat nichts von einem offiziellen Taxi.

»Keine Sorge«, sagt Ostreich, »es ist ein Privattaxi. Die Marktwirtschaft.«

»Aber in meinem Reiseführer habe ich gelesen ...«

»Glauben Sie den Reiseführern nicht, die sind von Touristen geschrieben. Los, steigen Sie ein. Keine Angst, ich zahle.«

Dieses Argument ist überzeugend, ich füge mich.

Nun sind wir unterwegs in Richtung Warschauer Zentrum. Ich erzähle von der Begegnung im Flugzeug und von der Konversation mit meinem berühmten Reisegenossen. Ostreich schweigt. Er starrt durch die schmutzige Scheibe auf einen Punkt am Himmel. Unser Fahrer brüllt und hupt wie ein Fuhrknecht, der sein Maultier mißhandelt. Er fährt schlecht, das Ruckeln bringt meinen Mageninhalt zum Tanzen, die Bohnen mit Speck, das Hähnchen mit Galle und das wachsartige Stück Käse, die mir bei meiner Flugverpflegung als Vor-, Haupt- und Nachspeise gedient haben, das ganze Menü tanzt in einem warmen Umfeld von Tomatensaft und Wodka mit dem fröhlichen Klirren von Eiswürfeln im Shaker. Ein echter Bloody Mary. Ich folge Ostreichs Blick: Draußen ist alles weiß, darunter scheint alles grau zu sein. Autobahn, Beton, Metallunterbau, Gips, Wohnblocks, aufgegebene Baustellen, Autowracks ... Die Vorstadt Europas.

Bald sind wir da. Ich weiß nicht wo, aber wir sind da: Der Trabant hat eine Vollbremsung hingelegt, daß beinahe die Windschutzscheibe davongeflogen wäre, der Fahrer hupt nicht mehr, Ostreich zahlt. Als ich aussteige, hat Ostreich meine beiden Koffer schon ausgeladen.

Wir betreten ein Haus. Es ist kein Hotel. Kein Schild, keine Preisliste, keine Rezeption: nur ein Haus.

Das Klavier steht in einer Ecke des Wohnzimmers an der

Wand. Die Tastatur ist offen und zeigt ihre vergilbten Zähne. Darauf könnte ich niemals spielen. Große orangefarbene Blüten zieren die Tapete. Eine alte, zahnlose Frau mit einer rosa Leopardendecke über den Knien strickt Strümpfe oder einen Pullover oder einen Schal von bestem schlechtem Geschmack. Es ist etwas bräunliches Rot darin, rötliches Braun und grünliches Gelb in abwechselnden Streifen. Ostreich grüßt betont laut. Sie antwortet nicht. Eine Frau kommt hinter einem Vorhang hervor, ein zungenfertiges Gespräch entspinnt sich. Ich beobachte. Ein Mann mit Schnauzbart kommt herein, das muß der Ehemann sein. Umarmung mit Ostreich, Wodka auf den Tisch, in Gläsern, eines davon plötzlich in meiner Hand. Ich muß trinken, noch einen und noch einen. Gelächter, Flüche, Wutausbrüche über ich weiß nicht was, dann noch mehr Umarmungen, wieder Gelächter und immer noch Wodka in meinem Glas, das nicht nüchtern wird, ich trinke doppelt, komisch, je öfter ich es leere, desto öfter füllt es sich wieder.

Als ich mein Danaidenfaß bewältigt habe, will der Schnauzbärtige mir noch eins einschenken, aber Ostreich greift ein und bringt alle zum Lachen. Denn jetzt sind es mit einmal ziemlich viele.

Wann ist sie erschienen? Vor mir steht ein junges Mädchen von siebzehn Jahren. Ein gesundes, kräftiges Mädchen, schön ohne jede Ziererei, absolut ahnungslos über den Schatz, der in ihr schlummert, direkt unter der Haut, zwischen ihren Schenkeln, aber weiß sie überhaupt, daß es einen solchen Ort gibt, an dem die Männer ... sie weiß es nicht ... Sie sieht mich an, lächelt, errötet, senkt den Blick.

Ich verfalle ihr sofort. Ich beginne pubertäre Phantasien zu nähren, mir beben die Knie, oder ist es die Erde? Im Alkoholdunst, inmitten des Gelächters, das meine Trunkenheit verspottet, sage ich mir pathetisch: Dafür habe ich gelebt. Endlich erklärt sich alles, alles erhellt sich im Licht ihrer Haut, zart wie ... wie nichts anderes, jeder Vergleich hat schon im voraus verloren, diese Haut, die müßte man berühren.

Ich bin meiner Frau begegnet. Das denke ich kaum eine Stunde, nachdem ich den Fuß nach Polen gesetzt habe. Alkohol war dem Lyrismus schon immer förderlich. Während sie meinen schweren Koffer humpelnd nach oben schleppt, bewundere ich auf der Treppe ihre behende Geschicklichkeit, ihre Grazie in der Anstrengung und ihren prachtvollen Rücken, den ich vor einer Stunde noch als Hintern bezeichnet hätte.

»Gehen wir!«

Ostreich ergreift meinen Arm, um mich daran zu hindern, ihr in unser Zimmer zu folgen.

»Man erwartet uns in der Oper. Sie müssen sich Ihre Konkurrenten anhören. Vergessen Sie nicht, warum Sie gekommen sind ... Die Musik! Nicht die Mädchen!«

Ostreich verabschiedet sich von meinen Gastgebern und schiebt mich zur Tür.

»Im allgemeinen sind die Mädchen in Ungarn besser. Aber was will man machen? Wir können den Chopin-Wettbewerb doch nicht außerhalb von Polen stattfinden lassen. Wir bräuchten einen Bartók-Wettbewerb in Budapest. Kennen Sie *Blaubart*, Bartóks Oper? Blaubarts letzte Gemahlin kommt in seine finstere Burg, verlangt nach Licht und bewegt ihn dazu, sämtliche Türen zu öffnen. Was findet man hinter Türen?«

»Ich weiß nicht.«

»Musik.«

Wir sind wieder draußen. Die Oper muß in der Nähe sein, denn Ostreich beschließt, daß wir zu Fuß gehen werden, trotz der Kälte. Der Himmel ist ein blaues Monochrom, das das Universum unserer Würdigung darbietet, er läßt uns in seiner blendenden Farbe zerfließen, der erste und der letzte Maler, immer zeitgenössisch.

»Kennen Sie den polnischen Winter? Er ist wie der russische, nur antisemitischer. Stellen Sie sich vor: Allein im Winter '43 sind in Polen mehr Juden gestorben als deutsche Soldaten während des gesamten Rußlandfeldzugs. Daraus zu schließen, daß die Juden Polen überfallen wollten ...«

Pietr Ostreichs Konversation ist höflich, sein Ton absolut gleichgültig. Der Mann bewegt sich schnurgerade wie ein Mushik an der Grenze zur Geschmacklosigkeit und betrachtet von dort aus genießerisch die Gebiete, die zur Eroberung vor ihm liegen. Solange werden seine Worte von einem leichten Lächeln begleitet, das ihn je nach Stimmung seines Gegenübers sarkastisch oder charmant wirken läßt und das schon im voraus jeden Widerspruch entschärft. Was er auch sagt, er scheint stets insgeheim zu denken: Aber, aber! *Darauf* werden Sie doch wohl nichts entgegnen!

Durch seinen Status gedeckt, hat er das Recht zu sagen, was immer ihm in den Sinn kommt: Seine Zugehörigkeit zur Musik befreit ihn von jeder moralischen Verantwortung. Es ist das Privileg der Genies, ins Blaue hinein zu sprechen. Man hört nicht zu, man bewundert. Er spricht, und sein Auge funkelt aus dem massigen Gesicht wie Gott vom Berggipfel herab. Das Auge ist germanisch, aber das Gesicht ist russisch und der Berg jüdisch.

Pietr Ostreich ist also russischer, polnischer oder jüdischer Herkunft, ganz wie es ihm gerade beliebt. Wenn man ihn für einen Slawen hält und höflich etwas Antisemitismus einflicht, um ihn zu gewinnen, nennt er sich sogleich einen Juden. Wenn er es mit einem Juden zu tun hat, nennt er sich polnisch oder russisch. Und wenn er es mit einem Polen oder Russen zu tun hat, nennt er sich einen russischen Juden oder einen polnischen Juden, indem er so Makel auf sich häuft und dem heimlichen Einverständnis seines Gesprächspartners von vornherein den Wind aus den schwarzen Segeln nimmt. Was geschieht bei einem polnischen Juden? Nichts, es sind nicht mehr genug von ihnen übrig, als daß man einem begegnen könnte, ohne ihn gesucht zu haben. Und bei einem russischen Juden? Man sagt nicht mehr russischer Jude, die sind alle ausgewandert: Man sagt Israeli.

Pietr Ostreich ist nicht nur ein begnadeter Musiker, er bietet darüber hinaus jedem die Gelegenheit, das eigene Urteil, oder dessen Fehlen, und sämtliche Vorurteile dazu noch einmal zu überprüfen. Vielleicht ist das für ihn nur ein Mittel, dem Ruhm zu entgehen; vielleicht verdient er auch den Friedensnobelpreis. Aber er verabscheut die Vorstellung des Verdienstes und weiß, daß er für sein Genie nichts kann. Er hat, sagt er, Talent, wie andere Blinddarmentzündung haben: in Schüben und ohne Erklärung. Durch ein absolut zufälliges Übermaß an Sensibilität.

So versucht er, die Begeisterung zu dämpfen, die ihm in den Konzertsälen, in den Gängen der Konservatorien oder, wie ich bald mit eigenen Augen sehen werde, auf den Straßen von Warschau entgegenschlägt.

Während wir uns im Gehen die Hände reiben, spricht uns plötzlich mit der Dreistigkeit einer Piratin ein junges Mädchen an. Sie hat den Mann erkannt, den ich begleite, und kann den Drang nicht bremsen, der sie schamrot ihre Bewunderung beteuern läßt.

»Ah, Maestro«, stammelt sie, »Maestro!«

»Gnädiges Fräulein?«

»Ah, mein Gott!«

»Ich bitte Sie, ich bin nur ein Mensch.«

»Ah, Maestro!«

Die Verwirrung des jungen Mädchens rührt ihn; der galante Ostreich geruht, ihr aus der Bedrängnis zu helfen:

»Sie lieben die Musik?«

»Ah, Maestro!«

»Sie sind ja ganz außer sich. Kommen Sie doch mit uns zur Oper, der Fußmarsch wird Sie wieder zur Besinnung bringen. Und wenn es Ihnen Freude macht, nehme ich Sie mit hinein. Kennen Sie den Chopin-Wettbewerb? 150 Konkurrenten, 150 mal das gleiche Stück ... Das müßte Ihnen doch gefallen ...«

»Ah, Maestro!« sagt er an ihrer Stelle, kaum daß sie den Mund geöffnet hat, und entringt ihr damit ein Lächeln.

Er greift nach ihrem Arm und setzt unsere Unterhaltung fort, als sei nichts geschehen. Das Mädchen gibt keinen Laut von sich: Sie ist der Katatonie nahe. So verkrampft wie Iphigenie, als sie zum Opferaltar geführt wird. Ostreich flößt denen, die mit ihm zu tun haben und die wissen, welche Musik er hervorzubringen vermag, einen heiligen Schauder ein, den ich aufgrund unseres ungezwungenen Umgangs nicht nachfühlen kann. Ich bin mir durchaus bewußt, daß ich sein Genie nicht angemessen würdige. Für mich ist die Musik vor allem ein Beruf. Was soll's, sage ich mir, wenn mir dieser Gedanke Gewissensbisse verursacht. Selbst Mozart hätte es vorgezogen, weniger Bewunderer zu haben und dafür mehr Freunde.

Arm in Arm mit seinem Püppchen hält mein Freund Einzug in die Warschauer Oper. Als wir uns der großen, goldbeladenen Eingangstür von höchst slawischem Aussehen nähern, lasse ich ihm um einige Meter den Vortritt. Wir kommen in sein Revier, mit ihm auf gleicher Höhe zu gehen wäre ein Sakrileg, nicht für ihn, der die Etikette verachtet, aber für seine »Untertanen«, die ihn erwarten, eng gedrängt wie die Massen vor den Toren eines Fußballstadions.

»Sehen Sie sie nur an«, sagt er zu mir, bevor er sich seinem Publikum widmet, »sie setzen eine Kennermiene auf, aber in ihren Herzen sind sie Midinetten. Bis später. Und wenn Sie mir drinnen begegnen, unterbrechen Sie mich ohne Zögern in jedem Gespräch. Das ist die große Plage der Berühmtheit, man muß diese ewige Bewunderung ertragen.«

Nun steigt er unter Beifallsbekundungen die Treppe hinauf, aber es ist ein diskreter Beifall voller Respekt und Zurückhaltung.

Wie habe ich mit diesem Mann Freundschaft geschlossen, während die Musikliebhaber der ganzen Welt davon träumen, ihn zu ihren Bekannten zu zählen? Wie bin ich dem unerreichbaren Pietr Ostreich begegnet, ohne sein Schüler zu sein? Wie so oft ist die Wahrheit es kaum wert, ausgesprochen zu werden. Ich bin Pietr Ostreich auf die einfachste Art der Welt begegnet: indem ich ihm begegnet bin.

Es war während des Queen-Elisabeth-Wettbewerbs. Ich hatte gerade erfahren, daß ich ausgeschieden war. Ich würde im Semifinale nicht spielen. Und obendrein war ich von der Kritik verrissen worden. Ein Artikel in *Le Monde*, signiert mit A. K., hatte mich besonders verletzt. »Schießen Sie auf den Pianisten!« stand über dem Artikel, und mein Spiel wurde – für eine Zeitung von so maßvollem Stil geradezu unflätig – mit einem »lauwarmen Wasserhahn« verglichen. Verbittert ertränkte ich meine Anonymität im ebenfalls lauwarmen Bier der Hotelbar, als sich plötzlich eine behaarte Hand auf meinen Bierkrug legte.

Zu allem bereit, hob ich den Blick, um diesen unverschämten Kerl zu mustern. Ein großherziges Lächeln erhellte ein breites Gesicht, zwei spitzbübische Kinderaugen unter Augenbrauen, buschiger als nötig, um mir zu signalisieren, daß ich es mit einem Mann zu tun hatte. Und in Anbetracht seiner Physiognomie wahrscheinlich mit einem Russen. Ich hatte den berühmten Ostreich nicht erkannt. Ich wollte meinen trockenen Mund öffnen, um etwas zu sagen, in der Hoffnung, beim Reden werde mir schon einfallen, was ich sagen wollte, aber er ließ mir keine Zeit dazu. Er schob mein Bier beiseite und stellte ein winziges Glas mit einer farblosen Flüssigkeit vor mich hin.

»Wodka«, sagte er ohne einen Hauch von russischem Akzent.

Daß es kein Wasser war, hatte ich mir schon gedacht. Aber ich wollte seinen Wodka nicht. Ich hatte bereits Mühe, das Bier zu halten.

»Bier«, sagte er, als habe er meine Gedanken gelesen – ich begriff erst später, daß ich wohl laut gedacht haben mußte –, »ist das Getränk talentloser Pisser.«

Was Talent damit zu tun hatte, konnte ich mir nicht erklären.

»Es hat zumindest eine schöne Farbe.«

»Die Farbe der Pisse«, triumphierte er gelassen. »Was hat es für einen Sinn, zu trinken, wenn man dann in der gleichen Farbe pißt? Wo bleibt das Schöpferische?«

Er hatte recht. Ich beschloß, mit dem Bier aufzuhören. Seither trinke ich nur noch klare Flüssigkeiten, um Farbe ins Spiel zu bringen und jedesmal, wenn ich uriniere, meine schöpferischen Fähigkeiten zu erleben.

Kurz, wir sind uns sympathisch. Wir sprechen von Schöpfung, Talent, er sagt, er bewundere Tschaikowski, ich habe nichts gegen den *Nußknacker*, aber all das scheint mir doch sehr deutsch. Er braust auf.

»Wissen Sie, wie Tschaikowski gestorben ist? Mit dreiundfünfzig Jahren trank er ein Glas Wasser.«

»Er starb, weil er Wasser getrunken hatte?«

»Ja. In Moskau wütete die Cholera. In einer herausfordernden Geste hatte er sich ein Glas nicht sterilisiertes Wasser eingeschenkt. Zwei Tage später war er tot. Dieser Leichtsinn, diese Angeberei … ist das etwa das Verhalten eines Deutschen?«

»Das ist ein kindischer Tod.«

»Aber glauben Sie es nicht. Tschaikowski ist nicht an Cholera gestorben. Er starb an Erschöpfung: Die Musik hatte ihn zerstört. Er war empfindlich wie eine Mimose.«

»Gerade das ist doch sehr deutsch, diese Art, sich vom Gefühl überwältigen zu lassen, oder nicht?«

»Nein, das hat nichts zu sagen. Jeder kann sich vom Gefühl überwältigen lassen. Aber es gibt zwei Arten, das zu tun: die deutsche und die russische.«

»Wo liegt der Unterschied?«

»Die Deutschen romantisieren, die Russen, wie soll ich sagen? Die Russen *trotzen*.«

Bei dieser ersten Begegnung wuchs unsere Freundschaft durch solche gemeinsamen Sorgen zusammen, von denen wir in Begriffen sprachen, die einem Außenstehenden als schändlich skatologisch erscheinen mochten. Skatologisch waren sie tatsächlich, aber, wie soll ich sagen: nicht schändlich. Die Skatologie enthüllte eine künstlerische Unruhe. Was uns trennte, war nur äußerlich, wie Alter, Erfolg, Publikum. Ich beklagte meine Anonymität, er ersehnte die seine. Aber an unserer tiefen Wesensgleichheit gab es keinen Zweifel. Unsere künstlerischen Naturelle hatten uns sicherer zusammengeführt als ein Magnet. Zu behaupten, diese Begegnung habe mein Leben verändert, wäre jedoch gelogen. Der Wodka ist an die Stelle des Bieres getreten. Man könnte sagen, sie hat mein Leben bestätigt. Indem sie mir das Beispiel eines in der Kunst entfalteten und gefestigten Lebens vor Augen führte, zeichnete sie mir den Weg vor, dem ich zu folgen hatte, zeigte sie mir, daß ein nur auf sich selbst gegründetes Leben möglich war. Das Künstlerleben war nicht nur ein Traum. Es konnte ästhetische Befriedigung durchaus mit äußerer Anerkennung und materieller Sicherheit vereinen.

Ostreich hat keine großen Bedürfnisse. Aber er hat die Mittel, sie alle zu befriedigen. Das ist nicht nur eine Frage des Geldes. Auf der ganzen Welt wimmelt es von reichen Bewunderern, die ihn zu gern in ihre Petersburger Datscha oder auf ihre durch internationale Gewässer streifende Yacht einladen würden: Von Genf bis zu den Grenadinen, von Helsinki bis zu den Kapverdischen Inseln gehört die Welt Pietr Ostreich. Diese Freiheit verdankt er ausschließlich seinem Talent. Materiell frei und virtuell reich, ist Ostreich außerdem spirituell reich und daher reell frei. Er steht seinem Reichtum so gleichgültig gegenüber, daß er, der die ausgefallensten Hirngespinste von Eigentum oder Besitz befriedigen könnte, keine anderen Genüsse kennt als Musik oder Konversation. Dieser Mann gereicht der Kunst und dem Menschengeschlecht zur Ehre.

Ich habe seine Einladung nach Warschau zur Teilnahme am Chopin-Wettbewerb, dessen Vorsitz er innehat, nicht nur aufgrund der Freundschaft angenommen, die ich ihm entgegenbringe.

Ich bin achtundzwanzig. Ich habe meine Jugend damit verbracht, Tonleitern zu üben, mir auf Klavierhockern den Rücken zu ruinieren, mir Musikstücke in die Finger zu quälen, die Tote hinterlassen haben. Zehn bis zwölf Stunden pro Tag. Ich habe nie einen großen internationalen Preis gewonnen. Dabei kann ich nichts anderes. Ich kann nicht einmal mit schönen Worten eine Frau verführen, ich brauche dazu ein Klavier. Ich kann nicht leben, ich muß ausdrücken. Ich strebe so eifrig nach dem Stand der Gnade, daß ich ihn nie erreichen werde. Ich weiß es, ich verstehe es im Kopf, aber für meinen Körper ist es zu spät. Ich spüre durchaus, daß es nicht genügt, zu üben, um ein Künstler zu sein. Und der Grund, aus dem ich Pianist werden wollte, fällt mir einfach nicht mehr ein. Je mehr ich spiele, desto weniger durchschaue ich die Sache. Vielleicht bedeutet es das, ein Künstler zu sein: sich selbst undurchsichtig zu werden. Die einzige, die mich erbarmungslos durchschaute, war meine Freundin, die mir noch erbarmungsloser vorkommt, seit sie mich kürzlich verlassen hat. Seit diesem Artikel in *Le Monde* war es nicht mehr wie vorher. Sie bewunderte mich nicht mehr. Bewunderung ist nicht alles in der Liebe, aber wie kann man das Leben eines »lauwarmen Wasserhahns« teilen wollen? Als ich in ihrer Handtasche wühlte, fand ich im Geldbeutel den zerrissenen Artikel. Ich möchte das Klavierspielen aufgeben und mit dem Leben dort wieder beginnen, wo ich aufgehört habe. Aber als Ostreich mich an einem Sonntag nachmittag im Juni anruft, um mich zu überreden, im Oktober am Chopin-Wettbewerb teilzunehmen, gehe ich ihm auf den Leim. Zuerst erkläre ich ihm meine Bedenken, doch er zitiert Chopin: »Ich arbeite wenig, ich streiche ständig, ich huste viel.«

Auch ich arbeite wenig. Wahrscheinlich huste ich nicht genug.

»Sie müssen an Wettbewerben teilnehmen. Das wird Sie aufwecken oder Ihnen den Rest geben.«

Als ich ihm sage, daß ich niemals bereit sein werde und kaum noch etwas von Chopin in den Fingern habe, verspricht er mir ein paar Unterrichtsstunden. Außerdem hätte ich ja nichts zu verlieren, wenn ich mich nicht vorbereitet hätte, also könne gar nichts passieren. Im schlimmsten Fall werde die Blamage mir die Entscheidung erleichtern, das Klavierspielen aufzugeben. Alles oder nichts. Einverstanden, sage ich. Chopin also. Ostreich hilft mir bei der Auswahl der Stücke, ich verbringe den Sommer damit, mein Programm zu üben, wieder ein verlorener Sommer, aber diesmal ist es ganz sicher der letzte.

Der September kommt, die Sonne geht immer mehr mit den Hühnern ins Bett, voll Sehnsucht nach den langen Junitagen, und plötzlich ist es Oktober. Ich schließe die Klaviatur, lege die Anzüge für meinen Auftritt zurecht, packe den Koffer und nehme ein Taxi zum Flughafen. Ich steige ins Flugzeug nach Warschau und schließe die Augen.

Ich erwache vor der Oper. Ostreich wird von der Menge verdeckt, die ihn umringt. Drinnen stelle ich fest, daß ich seine Spur verloren habe. Ich bin allein. Abenteuerlich. Im Saal herrscht ein unbeschreibliches Gewimmel. Großmütter im Sonntagsstaat, trotz der relativen Kälte mit Fächern ausstaffiert, alte Kennerinnen, die Chopin verehren, ganze Trauben von Musikliebhabern aus dem Altersheim oder dem Hexenschrank, Aristokraten im Exil, die sich unter ein Publikum aufgeschlossener Amateure mischen. Und natürlich – ich erkenne sie sofort an ihrer selbstsicheren Lässigkeit, ihrer Überlegenheit von obersten Richtern, daran, daß sie in aneinandergereihten Monologen dozieren, ohne sich dabei anzusehen – Journalisten, Kritiker, viele manierierte Gesten, wenige Frauen, viele Homosexuelle, ein Hund, ein Windspiel, von Herrchen oder Frauchen bis zum Anschlag herausgeputzt. Agenten auf der Suche nach der seltenen Perle, Konzertveranstalter, Musikprofessoren, Kandidaten, die sich unter das Publikum gemischt haben, ihre Freunde, ihre Familien, viele Japaner, ein erlesenes statt ausgelesenes Publikum, bunt zusammengewürfelt, aber vereint durch die Liebe zur Musik.

Vor dem Schmuckkästchen dieser Menge, ein Juwel von Frau. Ein Katzengesicht, voll und kantig zugleich, slawisch im Übermaß, ein Puppengesicht, absolut symmetrisch. Ohne ein Lächeln, überwältigend. Blond. Meine erste Erregung erlebte ich im Zimmer eines kleines Mädchens mit seiner Barbiepuppe, die mein Ken roh ausgezogen hatte, um das

Nichts zu entdecken, das sie an Stelle des Geschlechts besaß. Zum ersten Mal sah ich ein Loch fehlen. Drei Wochen Konzerte, drei Wochen, in denen ich täglich das Gesicht dieser Frau sehen werde, die überwältigt ist von der Musik. Und vielleicht von mir. Nein, sie wirkt so kühl, so selbstsicher. Die Art von Frau, an die man sich nicht heranmachen kann, ohne daß sie es bemerkt. Sinnlos, Gleichgültigkeit oder Desinteresse zu heucheln, sie durchschaut es sofort. Schöne Frauen, die nicht lächeln – es gibt nichts Schlimmeres. Ihre Strenge wirkt wie ein Vorwurf. Man fragt sich, was dieses Gesicht aufhellen könnte, schon legt man sich einen Satz zurecht, eine List, man fühlt sich für ihre ewig schlechte Laune verantwortlich. Immer den Pfau spielen. Nein, dieses eine Mal die Ehre des Geschlechts retten, die männliche Würde wahren.

Fest entschlossen, sie zu ignorieren, setze ich meine Inspektion des Publikums fort. Ich schlendere kreuz und quer durch den Saal und versuche Gesprächsfetzen aufzuschnappen, so lasse ich mich von einer Gruppe zur anderen treiben und bemühe mich, ständig auszusehen, als sei ich auf dem Weg zu meinem Platz. Die linke Seite ist wie immer begehrter, ich höre eine Engländerin der Neophytin, die sie in die Freuden des Klassik-Konzerts einweiht, schulmeisterlich erklären, daß man von hier, nicht wahr (»isn't it?«), das »keyboard« und die »fingers« des Pianisten sehen könne. Ich rempele versehentlich jemanden an, entschuldige mich, begegne dem Blick meines Opfers: Es ist die Klavier-Barbie, auf deren Gesicht, das ich für frigide hielt, ein so strahlendes, offenes und lebendiges Lächeln erscheint, daß ich sprachlos bin. Ein heftiges Gefühl durchzuckt mich in der Magengrube, direkt unter dem Herzen. Dieses Lächeln rettet das Gesicht, das sonst irgendwie kalt wirkt, vor der Vollkommenheit, es glorifiziert es, verleiht ihm eine Energie, über der man die Symmetrie und übermäßige Zartheit seiner Züge vergißt.

Durch die internationale Atmosphäre verleitet, muß ich wohl ein »Sorry« oder »Excuse me« in perfekter Aussprache von mir gegeben haben, denn daraufhin fragt sie mich, ob ich Franzose sei. Da ich noch immer ganz im Bann ihrer Schönheit stehe und nicht antworte, geht sie ihrer Wege und schließt bei sich mit einem »Wahrscheinlich nicht«, das mein Schicksal besiegelt und mir Gelegenheit läßt, dessen Bitterkeit auszukosten. Mit offenem Mund sehe ich ihr nach bis zu ihrem Platz auf der linken Seite in einer der vordersten Reihen. Sie ist bekannt und bedeutend, jedenfalls wird sie hofiert, man grüßt sie, wenn sie vorbeikommt, beinahe jeder zweite Mann. Das Gemurmel wird zum Flüstern, die Plätze werden eingenommen. Meine Erstarrung hat mich den Platz gekostet, den ich anstrebte: ich muß mich mit einer der hinteren Reihen auf der rechten Seite begnügen.

Jemand betritt die Bühne und spricht auf polnisch in ein Mikrofon, Applaus, dann erklärt mein Freund Ostreich, dessen Erscheinen von minutenlangen Standing ovations begleitet wird, welche mich ins Träumen bringen und ein wenig neidisch machen, den Warschauer Chopin-Wettbewerb für eröffnet. Der erste Kandidat wird angekündigt. Erneuter Beifallssturm beim Auftritt eines Japaners im Smoking, dann Geräusper, während er die Höhe seines Klavierhockers einstellt, schließlich absolute Stille, und das gespannte Innehalten des Pianisten, kurz bevor er sich ins Leere stürzt.

Eine dreiviertel Stunde später hat mich das melancholische Säuseln seines Spiels in einen beinahe hypnotischen Zustand versetzt, der, wie Ostreich mir erklärt hat, charakteristisch ist für die musikalische Ignoranz oder die falsche Musikliebhaberei jener, die in der Musik nicht deren Schönheit, sondern die Selbstaufgabe suchen und sich ihr hingeben wie dem Opium. Hanslick unterscheidet zwei Arten des Musikhörens, eine wirklich ästhetische und eine zweite, pathologische. Die pathologische ist »ein stetes Dämmern, Fühlen, Schwärmen, ein Hangen und Bangen in klingendem Nichts. Ein unbestimmter Empfindungszustand, den ihre Anhänger für rein geistig zu halten so unschuldig sind …«. Sie lassen sich von der Musik tragen, »halbwach in ihren Fauteuil geschmiegt«. Genau das ist auch bei mir der Fall.

Tosender Applaus weckt mich. Ich stimme in den Beifall ein und sehe mich nach meiner erhabenen Puppe um. Ich entdecke ihr Haar in der Ferne und fühle mich seltsam beruhigt. Der nächste Kandidat betritt die Bühne. Ein Japaner im Smoking. Schon wieder. Gleicher Anzug, gleiches Programm, auch er versetzt mich in diesen halbschlafähnlichen Zustand. Mein Dämmern dauert an. »Like water«, sagt meine Nachbarin in einem besonders wäßrigen Moment. Lauwarmes Wasser. Aus dem Wasserhahn. Ich frage mich, ob sie mich erkannt hat.

Nach diesem Pianisten ein dritter. Diesmal kein Japaner, aber es klingt immer noch nach Aquarell, Tuschzeichnung, Wassermusik. Nach dem vierten kündigt der Mann mit dem Mikrofon auf englisch eine Pause von einer Viertelstunde an. Es wird in Serien von vier Kandidaten vorgegangen, jeweils drei bis vier Serien pro Tag. Vier mal eine Dreiviertelstunde, das ergibt immerhin drei Stunden, die ich bereits hier sitze. Das Zuschauerdasein ist auch kein Zuckerschlecken.

Ich erhebe mich aus meinem Sitz wie nach einer Landung.

All diese Wassergedanken müssen meine Psyche beeinflußt haben. Ich stürze mich in den Strom aus dem Saal, um die Toiletten zu suchen. Ich entdecke ein vielversprechendes Schild mit einem Mann, einer Frau und einem Pfeil darüber, da stehe ich plötzlich vor Barbie. Sie beschenkt mich erneut mit ihrem Lächeln. Ihr klarer Blick geht mir durch und durch.

»Eindeutig«, sagt sie mit der Lässigkeit jener Frauen, die durch nichts aus der Fassung zu bringen sind, »wir laufen uns nur über den Weg.«

Indem sie tut, was sie sagt, geht sie an mir vorbei. Ich bin wie versteinert. Ist ihr kleiner, doppeldeutiger Satz nur eine Spitze als Strafe für meine mehrfache Verlegenheit, oder enthält er schlicht eine Aufforderung?

Dieses offene Lächeln. Aber auch diese Selbstsicherheit. Eine umschwärmte Frau ist das Spiel mit Worten gewöhnt, unverbindliches Geplänkel, das zu nichts verpflichtet. Sie entfernt sich, ich sehe ihr nach.

Ich werde vom Rückfluß der Menge in den Saal mitgerissen, die Flut steigt, um der zweiten Serie beizuwohnen. Ohne Gegenwehr nehme ich meinen Platz wieder ein. Erst als der neue Kandidat – ein großer Blonder mit glattem Haar im Schwalbenschwanz – schon längst mit seinem Programm begonnen hat, werde ich von der Natur eingeholt. Ich presse die Knie zusammen, verdrehe mir die Finger. Drei Stunden halte ich nicht aus. Ich muß handeln. Aber wie kann ich es wagen, die – wenn auch kritische – Kommunion zwischen Künstler und Publikum zu stören, indem ich aufstehe, um ein zwar begründetes, unter so erhabenen Umständen jedoch völlig deplaziertes Bedürfnis zu befriedigen? Wie machen es all diese alten Menschen? Wirkt Chopin auf sie antidiuretisch? Wenigstens sitze ich hinten, gar nicht weit vom Ausgang. Wenn ich diskret verschwinde, zwischen zwei Kandidaten ... Nicht vor einer Dreiviertelstunde. Unmöglich. Ich muß jetzt sofort gehen, die ganze Reihe zum Aufstehen zwingen.

In diesem Moment geschieht es. Ich will nicht von einem Wink Gottes sprechen, aber der Gedanke an ein Wunder schießt mir durch den Kopf. Der Kandidat hat soeben aufgehört zu spielen. Mitten im Stück. Eine Lücke. Er steht auf und verschwindet ohne einen Blick ins Publikum hinter den Kulissen. Nach kurzem Zögern tritt der Ansager vor und bemerkt etwas, das Beifall hervorruft. Ich nutze die Gelegenheit, um meine Nachbarn zum Aufstehen zu zwingen und durch die schweren, quietschenden Türen aus dem Saal zu verschwinden.

In der Halle höre ich die ersten Töne des nächsten Kandidaten, von den zufallenden Türen rasch erstickt. Ich bin allein. Der Marmor überall läßt meine Blicke widerhallen. Auf dem Weg zur Toilette segne ich den Unglücksraben, der gerade seine Chancen auf die Qualifikation geopfert hat, vielleicht für mich. Wir alle kennen den absoluten Genuß, nach langem Warten zu pinkeln. Man vergißt alles, man sieht nichts. Daher bemerkt man nicht sofort, daß man nicht allein ist.

Der Pianist ist da. Der, der gerade so plötzlich die Bühne verlassen hat. Bleich und aufgelöst. Ein Fleck im Mundwinkel läßt darauf schließen, daß er sich übergeben mußte. Mit entknoteter Fliege, aufgeknöpftem Hemd, hochgeschobenen Ärmeln sitzt er am Boden und starrt schluchzend auf einen imaginären Punkt vor seinen Füßen. Die geröteten Augen betonen seine Blässe so stark, daß sie beinahe bläulich wirkt. Er scheint kurz davor, in Ohnmacht zu fallen, in den Ritzen zu verschwinden, sich im Neonlicht aufzulösen. Seine jahrelange Vorbereitung ist soeben in ein unwiderrufliches Scheitern gemündet, wegen eines Augenblicks der Schwäche.

Niedergeschmettert, abwesend, gleichgültig gegen alles und gegen mich, erlebt er wieder und wieder den Moment, in dem seine Welt zusammengebrochen ist. Ich beschließe, ihm zu Hilfe zu kommen, so gut ich kann.

»You want a cigarette?«

Ich rauche gar nicht. Aber was soll man einem Konkurrenten schon sagen?

»Nein, danke, ich rauche nicht«, antwortet er in perfektem Französisch.

»Du hast recht. Ich auch nicht. Es ist sehr schlecht ...«

Da mir die erschreckende Banalität meines Satzes bewußt wird, vollende ich ihn nicht. Er tut es an meiner Stelle:

»... für die Gesundheit. Wo ich jetzt schon meine Karriere in den Sand gesetzt habe, auch noch Krebs, das fehlte mir gerade noch!«

»Weißt du, Krebs ist heutzutage sehr gut zu behandeln. Vor allem in deinem Alter.«

Er deutet ein Lächeln an. Offenbar hält er das für Humor.

»Das würde vieles erklären.«

Er sieht dermaßen müde aus, daß er mir leid tut, so jung und schon so verbraucht.

»Was war denn los auf der Bühne?«

»Es liegt an Chopin. Ich liebe Chopin, aber wenn ich ihn vor Publikum spielen muß, passiert mir immer das gleiche. Chopin bringt mich zum Brechen.«

»Mich schläfert er ein.«

»Da sind Sie besser dran.«

Beim Aufstehen stützt er sich auf den Abfalleimer, dann auf das Waschbecken, er bleibt kurz stehen, um einen Schwindelanfall zu überwinden, dann spritzt er sich Wasser ins Gesicht und bringt sein Äußeres wieder in Ordnung. Als er fertig ist, bemüht er sich, mit sicherem Schritt bis zur Tür zu gehen, und dankt mir, ohne sich umzuwenden, für die fiktive Zigarette, die ich ihm als Trost angeboten habe.

Er muß direkt ins Hotel gefahren sein, um seine Koffer zu packen, denn ich habe ihn nicht wiedergesehen. Die Organisatoren des Wettbewerbs zahlen das Hotel jedenfalls nur den Kandidaten, die noch nicht ausgeschieden sind.

Da ich nun aus dem Saal ausgesperrt bin, gehe ich in den Gängen der Oper auf und ab, schnappe gelegentlich Fetzen von Sonaten, Mazurkas und Polonaisen auf, die über unsichtbare Wege zu mir dringen, und lauere auf das Ende des Programms und die Gelegenheit, meinen ruhigen Platz in den letzten Reihen wieder aufzusuchen, wo ich ungestört im flauschigen Äther des unaufmerksamen Zuhörens versinken kann.

Ich bin in die Betrachtung eines Kronleuchters vertieft, als ich hinter mir jemanden die Treppen heraufkommen höre. Es ist eine Erscheinung: ein gespenstischer Alter in einem weiten schwarzen Umhang, der seinen Körper vollständig verhüllt. In Marmor gehauen, kantig, verwittert durch Regen, Wind, Vergangenheit, ist nur sein Gesicht zu sehen, ein Grabstein über einem Leichentuch.

Der Schädel glänzt. Buschige Augenbrauen verbergen zwei Schattenseen unter ihrem Gestrüpp, wie bei manchen Statuen, deren gemalte Blicke die Zeit ausgelöscht hat, aber zwei Seen, deren Halbdunkel lähmt und aus denen das

Nichts in Person mich anzusehen scheint. Oder es sieht durch mich hindurch, ohne mir mehr Aufmerksamkeit zu schenken, als wäre ich ein Ding.

Dieser Mann von unbestimmbarem Alter schwebt zur Tür, vor der ich stehe, und drückt sie auf. Sie quietscht durchdringend, es muß bis in die Kulissen zu hören sein. Ich erwarte einhelligen Protest aus dem Publikum; er erntet zwar einige schräge Blicke, aber niemand sagt etwas. Dann besitzt er auch noch die unglaubliche Dreistigkeit, drei Personen zum Aufstehen zu zwingen, um zu einem freien Platz zu gelangen – meinem Platz! Um der Wirklichkeit, so verwunderlich sie ist, gerecht zu werden, müßte ich sogar sagen, daß diese Personen sich von selbst erheben, sobald sie ihn neben sich stehen sehen, und daß sie ihm von sich aus anbieten, was er nicht zu fordern braucht.

Als privilegierten Betrachter dieser Szene verblüfft es mich um so mehr, daß die gleichen Personen, die sich geräuschvoll erhoben haben, um meinen Platz diesem gespenstischen Alten zu überlassen, mir, der ich mich hinter ihm geräuschlos hereingestohlen habe, höchst vorwurfsvolle Blicke zuwerfen. Ich bleibe im Hintergrund des Saales stehen, bis das Stück zu Ende ist, was nicht lange auf sich warten läßt – dadurch wirkt das Eindringen des alten Mannes noch dreister.

Während der nächste Kandidat – Martin Stein, oder so ähnlich – angekündigt wird und feierlich und ein wenig zitternd die Bühne betritt, nutze ich die Gelegenheit, um, gegen Knie stoßend, bis zu einem freien Platz zu gelangen, etwas versetzt auf der rechten Seite, hinter meinem ehemaligen Platz, auf dem nun der kahlköpfige Alte in Schwarz sitzt.

Als ich hinter ihm vorbeigehe, höre ich ihn murmeln. Seine Lippen bewegen sich in unzusammenhängendem

Brabbeln, aus dem sich plötzlich mit der Klarheit eines durch langes Grollen vorbereiteten Donnerschlages diese wenigen, unvergeßlichen Silben abheben: »Judenschwein.«

Das Brabbeln geht weiter, genauso undeutlich, leise genug, um vom Klavier übertönt zu werden, aber was gesagt ist, ist gesagt.

»Judenschwein.« Wen meint er? Den Pianisten? Oder war es ein Plural: »Juden*schweine*?« Eine Beleidigung der Gattung, wie meine Flugbekanntschaft es angedeutet hat? Oder meint er mich, weil ich hinter ihm vorbeigegangen bin? Dieses Wort genau in dem Augenblick zu hören, in dem ich selbst mir gerade sage, daß dieser Martin Stein mir womöglich den Rang ablaufen wird, als unflätige Beschimpfung aus dem Mund eines anderen ausgesprochen zu hören, was ich beinahe gedacht hätte ... das verleiht ihm einen neuen und viel gewalttätigeren Sinn. Ich habe überdeutlich das Gefühl einer Enthüllung. Ebenso wirksam und undifferenziert wie ein Fausthieb mitten ins Gesicht.

Bis zur Pause bin ich eingeschlafen. Den Kopf zur Seite geneigt, in meinem Sitz versunken, bin ich in den Chopin-Ozean eingetaucht. Fast alle Zuhörer haben den Saal verlassen. Die Stille weckt mich.

Ich bin allein in meiner Reihe. Ich strecke mich träge, als eine alte, rauhe, aber ausgesucht freundliche Stimme von irgendwo vor mir ertönt:

»Ich bitte um Entschuldigung – Je vous prie de bien vouloir m'excuser ...«

Ich brauche eine Weile, um zu begreifen, daß ich gemeint bin. Die Stimme wiederholt auf englisch:

»I beg your pardon ...«

Die Überraschung weicht einem kurzen Erschrecken, als ich begreife, wer da spricht. Es ist der Alte, der auf *meinem* Platz sitzt, vor mir; mit kaum gewandtem Kopf und starrem Oberkörper versucht er meine Aufmerksamkeit zu erregen. Sein ausgesprochen höflicher Ton beruhigt mich. Ich schreibe die unwürdigen Worte, die ich ihm unterstellt habe, meiner Phantasie zu und antworte mit aller Selbstsicherheit, die ich aufbringe:

»Monsieur? Kann ich Ihnen behilflich sein?«

Ich sehe die Falten im Genick unterhalb seines glänzenden Schädels, ein paar Haare schauen aus den Ohren. Er scheint Mühe zu haben, den Kopf in meine Richtung zu drehen, und spricht über die Schulter, ohne mich zu sehen.

»Es ist mir ausgesprochen unangenehm, werter Herr, aber ich sehe mich gezwungen, mich an Sie zu wenden. Ich bin von einem leichten Unwohlsein erfaßt worden. Es fällt mir schwer, mich allein zu bewegen. Hätten Sie die Güte, mir beim Aufstehen zu helfen?«

Ich gehorche. Eine so höfliche Bitte kann niemanden gleichgültig lassen. Ist das dieselbe Person, die vor wenigen Minuten mit raschem Schritt in den Saal gestürmt ist, dabei alle aufgescheucht hat, die im Weg saßen, und die jetzt meine Unterstützung erbittet wie ein Bettlägeriger?

Mit Mühe ziehe ich ihn aus seinem Kokon. Er kann sich kaum auf den Beinen halten, schwitzt und zittert, er ist so extrem blaß, daß ich mir schwerste Sorgen mache: Was, wenn er in meinen Armen stirbt?

»Kann ich es wagen, Ihre Freundlichkeit weiter auszunutzen, und Sie bitten (er ächzt und keucht), mich zu begleiten? Mir zittern die Beine, und ich würde mich gern etwas frisch machen …«

Er stützt sich schwer auf meinen Arm. In seltsamem Kontrast zu den großen Schritten seines spektakulären Auftritts scheint er jetzt einer geheimnisvollen Schwere unterworfen, die ihm desto mehr den Atem raubt, je mehr er gegen sie anzukämpfen versucht. Auf dem Weg zur Toilette verfolgen uns einige Blicke, Gemurmel begleitet uns. Hat mein »Kranker« einen gewissen Bekanntheitsgrad, oder ist es jene morbide Neugier, die das Schwinden der Körperkräfte stets begleitet? Ich bringe es nicht übers Herz, den zu fragen, dem ich als Stock diene, er ringt nach Luft. Ich drücke die Tür zu *Gentlemen* (»Męski«) auf, wir gehen hinein. Ich weiß nicht, was ich tun soll: Ihn hier zu verlassen wäre ungebührlich. Andererseits kann ich ihm nicht einfach bei seinen Waschungen zuschauen und auf ihn warten wie ein Knecht. Er erspart mir alle weiteren Überlegungen dazu:

»Sie, waren, sehr, freundlich, junger Mann …«, keucht er. »Jetzt, glaube ich, werde ich, allein zurechtkommen.«

Bei diesen Worten schwankt er und schlägt um ein Haar der Länge nach hin. Es ist, als habe er sich fallen lassen, ich kann ihn gerade noch auffangen.

»Es ist mir ausgesprochen unangenehm. Ganz ausgesprochen!« murmelt er.

Ich habe Mitleid mit diesem Mann. Ich bin bereit, ihm zu dienen, wie man einem Großvater oder einer Großmutter hilft, die das Leben geschwächt hat. Ich schwanke zwischen allgemein menschlichem Mitgefühl und dem eines Enkels, als er, wieder bei Atem, eine höchst unschickliche Bitte an mich richtet, die, wenn ich daran zurückdenke, noch heute sehr unbehagliche Gefühle in mir wachruft – aber die sonderbaren Umstände mildern meine Überraschung. Er bittet mich, wiederum mit ausgesuchter und entwaffnender Höflichkeit, ihm die Hose zu öffnen! Ist er etwa so schwach, daß ich ihm auch noch beim Pinkeln helfen muß? Nein, das ist unmöglich, surrealistisch, oder leider nur allzu realistisch. Habe ich es mit einem Perversen zu tun, einem sexuell Abartigen, einem schäbigen Toilettengrabscher? Oder bin ich der Spielball meiner Scham, und ist diese Scham nicht deplaziert, da er unter dem Zwang einer unerbittlichen Notwendigkeit die seine beiseite schieben mußte?

Wie um meine stummen Fragen zu beantworten, liefert er mir den unwiderlegbaren Beweis seiner Aufrichtigkeit. Er öffnet den Umhang und zeigt mir seine Hände. Oder vielmehr das absolute Fehlen von Händen: zwei Stümpfe.

»Ich habe vergessen, Ihnen zu erklären, daß ich behindert bin. Die Situation ist überaus demütigend, für Sie wie auch für mich. Wenn Sie so freundlich wären, darüber hinwegzusehen, die Person, die mich gewöhnlich begleitet ... nun, lassen wir das. Wenn Sie Ihren Widerwillen bezwingen und den körperlichen Akt ignorieren könnten, wäre ich Ihnen über alle Maßen dankbar. Doch genug, schreiten wir zur Tat, ich bitte Sie: Ich möchte nicht, daß mich das gleiche Schicksal ereilt wie Tycho Brahe.«

Tycho Brahe, ein großer Astronom, wurde weniger für seine Entdeckungen am Himmel berühmt als vielmehr für die Art und Weise, wie er in selbigen einging: Er war zu Hofe geladen, und statt das Protokoll einer allzu langen Zeremonie zu stören, zog er es vor, sein dringendes Bedürfnis zu unterdrücken, bis ihm die Blase platzte. Er fiel seiner Schüchternheit zum Opfer und starb an Höflichkeit.

Und ich stehe hier und schleppe ein Wrack mit mir herum, dessen Hände irgendeine Lepra abgefressen hat – seiner stummen Bitte folgend, mußte ich sogar sein Geschlecht herausholen, damit er sich erleichtern konnte. Ich habe mich schamhaft abgewandt, um ihn in Ruhe pinkeln zu lassen, und bereite mich nun darauf vor, die Handgriffe in umgekehrter Reihenfolge zu wiederholen, bevor ich ihn zurückbringe. Ich werde später zurückkommen, um mir die Hände zu waschen. Der lächerliche Gedanke an Lepra läßt mich nicht mehr los. Ich höre die Spülung, er muß sie aus eigener Kraft betätigt haben. Ich wende den Kopf: Er hat sich angekleidet wie von Zauberhand und schaut mich zufrieden an.

»Lieben Sie die moderne Kunst?« fragt er.

»Wie bitte?«

»Ich fragte, ob Sie die moderne Kunst lieben ... Ich für meinen Teil«, sagt er und wendet sich beschwingten Schrittes zur Tür, »habe immer davon geträumt, einen Duchamp zu Hause zu haben.«

Er verschwindet und verabschiedet mich mit einem fröhlichen »Vielen Dank für alles«, das zu der vorangegangenen Episode in krassem Gegensatz steht. Mich beschleicht der unangenehme Eindruck, manipuliert worden zu sein. Indem er meine Gefühle ausnutzte, hat mich dieser »Behinderte« dazu gebracht, sein Geschlecht zu berühren. Benötigte er meine Hilfe überhaupt? Und was hat Duchamp mit der Sache zu tun? Ich fühle mich gedemütigt. Schlimmer, ich bin unfähig, mit Gewißheit zu entscheiden: Hat er sein Spiel mit mir getrieben, oder nicht? Ich empfinde es so, aber ich bin nicht sicher. Ich bin ins graue Licht der Zweideutigkeit geraten.

Zurück in der Halle, entdecke ich meinen Mann abseits der plaudernden Gruppen. Seine schwarze Masse beunruhigt;

er steht reglos da und scheint zu warten. Eine Frauenstimme mischt sich in meine Betäubung. Barbie.

»Kennen Sie diesen Mann?«

»Wenn ich ja sage, darf ich Sie dann zu einem Glas einladen?«

»Sie kennen ihn nicht.«

»Nein, aber wir stehen uns sehr nahe.«

»Ja. Ich habe gesehen, daß Sie zusammen die Toiletten betraten.«

Das Scheppern eines kaputten Weckers ertönt. Es geht weiter. Barbie eilt davon. Ich fühle mich nicht imstande, drei neuerliche Stunden Erschöpfung zu ertragen. Ich werde mich erst beim nächsten Kandidaten hineinstehlen. Ich warte, bis die Schafe in den Stall heimgekehrt sind und sich mit dem Zufallen der Türen Stille herabsenkt. Die Halle ist wieder leer. Draußen erwartet mich Warschau.

Als ich zurückkomme, sehe ich eine unverkennbare Silhouette. Die Statue des Komturs. In seinen schwarzen Umhang gehüllt, der im Wind flattert, thront der zweideutige Alte auf dem Treppenabsatz. Er fügt sich in die Fassade aus grauem Stein, patiniert von der Zeit und den Abgasen, als sei er Teil der Architektur. Wartet er auf mich? Was für ein lächerlicher Gedanke. Aber er steht so, daß ich direkt an ihm vorbeimuß. Was tun? Warten, bis er geht? Stein bewegt sich nicht von selbst. Ihm ausweichen? Unmöglich. Am besten, ich ignoriere ihn und folge unbeirrt meinem Weg.

Ich gehe an ihm vorbei, er spricht mich an.

»Sie nehmen mir die Sache von vorhin übel. Ich bitte nochmals tausendfach um Verzeihung, falls Sie wegen meiner plötzlichen Wiederherstellung glauben, ich hätte etwa simuliert. Das ist keineswegs der Fall. Ich leide an Zyklothymie, plötzlichen Schwankungen der Stimmung und des Stoffwechsels. Ich kann von tiefster Niedergeschlagenheit unvermittelt zu größter Erregung umschwenken. Sie haben die Ankunft des zweiten Kandidaten versäumt. Nun müssen Sie sich noch vierzig Minuten gedulden. Bereiten Sie mir das Vergnügen Ihrer Gesellschaft?«

Die Höflichkeit wird mich noch ins Verderben stürzen, aber wie soll ich dem diplomatischen Manierismus des Alten widerstehen?

»Sie versäumen ihn ebenfalls.«

»Ich mußte den Saal verlassen. Diese Japaner sind unerträglich. Da betrachte ich lieber die Sonne auf den Steinen.«

»Noch ein Japaner?«

»Sie sind wirklich überall. Beinahe wie die Juden.«

Jetzt reicht es. Statue des Komtur oder nicht, das kann ich so nicht stehen lassen. Immerhin habe ich ihm den Schwanz gehalten, das gibt mir gewisse Rechte.

»Sind Sie Antisemit?« frage ich in einem Ton, der soviel Höflichkeit in den Vorwurf mischt, daß dieser beinahe wie Einverständnis klingt.

»Gemeinsame Haßgefühle zu entdecken ist der Beginn einer Freundschaft. Letztlich werden wir die Japaner niemals so verabscheuen wie unsere Juden. Den Erbfeind wechselt man nicht von heute auf morgen. Man hängt an ihm. Außerdem müßte man wieder ganz von vorn anfangen. Das entmutigt.«

Er erklärt mir, ohne den Zement dieses Hasses würden die polnischen Häuser nicht aufrecht stehenbleiben. Die Juden waren überall, aber wie der Wind zwischen den Blättern, wie der Zement zwischen den Backsteinen, wie die Leere zwischen den Dingen. Sie hielten die Welt. Sie kreisten wie das Blut im menschlichen Körper, das den Geist entstehen läßt. Hätte es keine Juden zu hassen gegeben, würden die Polen sich nicht lieben. Das gelte für die meisten anderen Völker auch. Gott habe die Juden erwählt, um sie den anderen Völkern zu opfern. Die Juden seien der Zement Gottes.

»Sie sehen, ich bin kein Antisemit«, schließt er. »Ich zementiere. Außerdem bin ich jüdischer, als Sie glauben. Und Sie?«

Oktober schlägt mich mit seiner Sonne.

»Ich auch.«

»Was heißt: Sie auch? Sind Sie jüdischer, als Sie glauben?«

»Nein, ich zementiere. Die Weißen mit den Schwarzen.«

»Sie sind Pianist?«

»Ich nehme am Wettbewerb teil.«

»Es geht ums Gewinnen.«

»Das ist nicht alles.«

»Ihr Landsmann Pierre Loti sagte über Mozart: ›Ich würde für ihn sterben.‹«

»... ›Für Wagner würde ich töten.‹«

»Gebildet, wie ich sehe. Und für Chopin, was sind Sie für ihn zu tun bereit?«

»Chopin lädt nicht zur Gewalt ein.«

»Da täuschen Sie sich. Chopin ist ein Wegbereiter Hitlers. Sie werden mich für verrückt halten, aber Chopin ergreift, wie Hitler aufwühlt. Ich meine die Eingeweide. Musik und Politik sprechen zum Bauch, nicht zum Kopf. Sie kapitulieren, wenn Sie Chopin hören. Diese erste Kapitulation führt Sie zu einer zweiten: vor Wagner. Und schon sind Sie bereit, vor Hitler zu kapitulieren. Von der Erhabenheit einer Sonate gelangt man direkt zu der einer Menschenmenge in einem Stadion: Das ist eine Abkürzung ohne die geringste Spitzfindigkeit, aber Spitzfindigkeit war es, die Hitler und seine Bestialität herbeigeführt hat. In der laschen Welt der Spitzfindigkeit bahnt sich der brutale Held seinen Weg, ohne auf Fallstricke zu stoßen. Die Gewalt heilt ihn von der Schönheit und von den Exzessen seiner Sensibilität. Hitler wollte sich von Wagner befreien. So wie Chopin sich von sich selbst befreien wollte.«

»Sind Sie auch Pianist?«

Er antwortet nicht. Ich erfasse die Taktlosigkeit meiner Frage. Habe ich nicht mit eigenen Augen gesehen, daß er keine Hände hat?

»Ich …«

»Schon gut«, unterbricht er mich. »Entschuldigen Sie sich nicht. Ich kann mich auch nicht daran gewöhnen.«

Er starrt einen Moment schweigend vor sich hin, und ich auf meine Füße.

Mit funkelndem Blick fixiert mich der Alte, ohne mich zu sehen. Er wirkt erschöpft von seinem langen Monolog. Der Flügel ist verstummt, der nächste Kandidat wird angekündigt, wir nehmen unsere Plätze ein. Er setzt sich neben mich.

»Ich war Pianist«, sagt er. »Ich bin es nicht mehr.«

Adolf Hitler ein Schöpfer, ein Erfinder? Warum nicht gleich ein Künstler? Der Chopin der Vernichtung ... Daß Hitler wie Chopin ein höchst empfindsamer Mensch gewesen sein mag, macht Chopin noch lange nicht zum Hitler des Klaviers! Aber was gibt es Unbeständigeres, Gefährlicheres für ihn selbst und für seine Umgebung als einen höchst empfindsamen Menschen?

Soweit sind meine Überlegungen gediehen, als mein Freund Ostreich, der geräuschlos neben mir aufgetaucht ist, mir die Hand auf den Arm legt.

»Hat Chopin Sie in seinen Bann geschlagen?«

»Nein, ich habe nachgedacht.«

»Es ist Zeit für Ihren Unterricht. Was halten Sie von einem Gläschen?«

Augenzwinkernd weist er auf die Tasche seines weiten Mantels, den er nur für Bühnenauftritte ablegt und in dem sich stets eine wundersam kühle Flasche Wodka verbirgt.

Ich nicke, stemme mich aus dem Sessel, in dem ich bei diesen eigenartigen Gedankengängen tief versunken bin, und folge ihm aus dem Saal.

Nachdem mein Freund einen mehr als mannhaften Schluck genommen hat, reicht er mir die schon stark angebrochene Flasche, die vor Kälte beschlagen ist. Ich führe sie an die Lippen. Die Flüssigkeit rinnt durch meine Kehle, und mit ihr die langen Stunden, in denen ich Trauermarsch um Trauermarsch die düstere Leiter Chopins erklommen und darüber die elementarsten Bedürfnisse vernachlässigt habe, es packt mich zugleich ein bodenloser Durst und der Drang zu pissen bis ans Ende aller Zeiten. Ich gebe die Flasche zurück. Das Feuer setzt allmählich meinen Kopf in Brand.

»Ich verstehe das nicht, ich habe in den letzten Stunden nichts getrunken, und doch leide ich schon den ganzen Tag unter dem unstillbaren Drang zu pissen.«

»Das ist Chopin«, sagt Ostreich. »Chopin streßt Sie, mein Lieber. Vor allem der Trauermarsch. Der Gedanke an den Tod weckt in Ihnen den Drang, pissen zu gehen, um sich zu vergewissern, daß Sie noch lebendig sind.«

In den ersten Nebelschwaden des Alkohols klingt alles, was er sagt, überzeugend, und nach einem zweiten Schluck aus der Flasche schließe ich mich seiner Meinung vollständig an.

»Ostreich!«

Ich höre, wie ich ihn mit der Vertrautheit eines Trinkers anspreche, was mich erschüttert.

»Ostreich! Sie verstehen die Musik doch! Sagen Sie mir … Hitler und Chopin … der gleiche Kampf?«

Ich bin stolz darauf, wie paradox und lakonisch meine Worte klingen. Ich verwende seine Strategie, und diese brutale Hommage an seinen Hang zur Provokation wird mich in seinen Augen sicher im Wert steigen lassen.

Ostreich antwortet nicht. Sein Gesicht verschließt sich zusehends, wie eine Zugbrücke, sein bis dahin so heiterer Blick, in dem der Funke des Schabernacks und der scharfen Intelligenz sprühte, wird beinahe unerträglich vor Intensität. Er fragt mich geradeheraus:

»Haben Sie mit jemandem gesprochen?«

Mit diesem Jemand ist ohne jeden Zweifel der statuenhafte Alte gemeint.

Mein überraschtes Schweigen ist Antwort genug, und Ostreich fährt in freudig-grausamem Ton fort:

»Tatsächlich. Sie sind diesem Schwein begegnet.«

Er taxiert meine Verlegenheit, insistiert:

»Sie haben sich seine Schweinereien angehört?«

»Er ist behindert, er tat mir leid.«

Ostreichs Augen sprühen zornige Blitze.

»Er tat Ihnen leid!«

Er leert die Flasche mit einem Zug und schmettert sie gegen einen Baum, wo sie zerschellt. Die schwerbeladenen Zweige erzittern und werfen Schneepakete ab.

Wir laufen seit ich weiß nicht wie lange durch eine phantastisch weiße Landschaft. Während unseres musikalischen Schlafes scheint ein Schneesturm Warschau heimgesucht und selbst die Wirklichkeit mit einer Schicht Nichts bedeckt zu haben.

»Ist Ihnen kalt?« erkundigt sich mein Freund plötzlich besorgt.

»Nein.«

Ich schlottere. Ich habe den Mantel auf meinem Sitzplatz vergessen, und die Wärme, die der Wodka in meinen Adern und in meinem Herzen verströmt hat, löst sich allmählich auf.

»Gehen wir zurück!« beschließt Ostreich.

Auf dem Rückweg sind wir schweigsam. Das Licht ist verschwunden. Ein kalter Schimmer wie von Metall dringt nur matt durch den milchigen Himmel. Die Sonne ist eine winzige Scheibe.

Wieder zurück bei Chopin, verdaue ich meine Wodkas und die Emotionen des Tages und sehe mich nach der neckischen Barbie um, deren blonde Mähne ich fern im linken Flügel der ersten Reihen entdecke. Dann suche ich die Gestalt des leprösen Alten im schwarzen Umhang, vergebens. Er ist verschwunden. Ich kann mich angenehmeren Gedanken widmen – meiner siebzehnjährigen Jungfrau, die mich zu Hause erwartet. Ich sehe ihren schüchternen Gesichtsausdruck vor mir, ihre Grazie, den natürlichen Adel all ihrer Gesten … Ostreich ist nichts als ein alter Zyniker, blasiert durch Erfolg und Ruhm, verbittert wegen des unausweichlichen Herannahens des Todes. Ich verlasse den Saal, um mein Programm zu üben. Ostreich hat dafür gesorgt, daß mir im Konservatorium, nicht weit von der Oper, ein Klavier zur Verfügung steht. Ich wollte mindestens bis Mitternacht üben, um meine acht Stunden zu absolvieren, ein Minimum. Aber nach drei Stunden kann ich nicht mehr. Üben, üben und nochmals üben. Üben nützt nichts: Es geht darum, ein einziges Mal außergewöhnlich zu sein. Bestärkt durch diesen Geistesblitz, schließe ich den Deckel und kehre in die Oper zurück, um die letzten Kandidaten anzuhören. Ich bin morgen an der Reihe, morgen ist der Tag, an dem ich spielen muß.

Wer internationales Konzert sagt, meint auch mondänes Ereignis. Und wer mondänes Ereignis sagt, meint Cocktail.

Ostreich hat mich nach dem Ende der Serien in den erlauchten Kreis der Bedeutenden eingeführt. Man diskutiert über *Technik, Eindruck, Feinheiten der Wiedergabe, Farbe des Spiels*. Wer Cocktail sagt, meint auch Gedränge und dementsprechend Schwierigkeiten bei der Beschreibung.

Schreiben, sagt Julien Gracq, ist wie Akupunktur: Worte wie Nadeln vollbringen große Wirkung durch kleine Ursachen, wenn sie gut gesetzt sind. Akupunktur. Habe ich einmal ausprobiert, gegen mein Lampenfieber. Aber ich bin zu den Beruhigungsmitteln zurückgekehrt, wie alle anderen. Lassen wir das mit den Nadeln.

Cocktail also. Kompakte Menschenmenge Typ Hunger-Durst. Buffet, Champagner und Häppchen. Frugal. Luxus, aber Polen.

Gerempel. Menschenmeer. Schlingern. Ostreich verloren. Wodka. Wodka. Wodka. Seekrank.

Plötzlich Barbie vor mir. Sie Lächeln. Ich leicht angeheitert. Beginne Gespräch mit dummdreister Frage. Transkription:

Ich: Wie heißen Sie?

Sie: Kekszakallu.

Ich: Wie bitte?

Sie: Ein Name zum Davonlaufen, nicht wahr?

Ich: Gute Idee. Zu mir oder zu Ihnen?

Danebengegriffen?

Sie … verschwindet im Gewühl.

Ich habe einer guten Antwort noch nie widerstehen können, und einer schlechten noch weniger. Ich schwöre mir jedesmal hoch und heilig, daß mir so etwas nicht noch einmal passiert, aber bei der nächsten Gelegenheit springe ich wieder ins Fettnäpfchen.

Patsch.

Ganz vertieft in meinen Fauxpas, bemerke ich nicht, daß sie erneut vor mir aufgetaucht ist, wieder ganz Lächeln. Woher hat sie nur all diese Zähne? Sie wiederholt:

»Kekszakallu. So heiße ich. Mit Nachnamen. Das heißt Blaubart auf ungarisch, wie Bartóks Oper. Aber ich bin Rumänin. Und Sie?«

Ihr Mund ist erstaunlich.

Ich: Heißen Sie wirklich Blaubart?

Sie lacht. Ihre Zähne, mehr brauche ich Ihnen nicht zu sagen. Ich stelle mir ihr blaues Kraushaar vor. Ich bin betrunken.

Sie: Ja. Nehmen Sie sich in acht. Schauen Sie nicht hinter meine Türen.

Und geistreich obendrein. Es gibt keine Gerechtigkeit auf dieser Welt. Schön *und* geistreich. Wie kann ich sie Ihnen mit Akupunktur beschreiben? Sie bohrt ihren Blick wie Nadeln in mein Herz und ihre Worte wie Spitzen in mein Hirn. Nach wenigen Sekunden Konversation fühle ich mich wie eine Voodoo-Puppe, von Milliarden mikroskopisch kleiner Messerstiche übersät. Oder wie ein Stier im Todeskampf, von der Göttin der Corrida mit Banderillas gespickt. Oder ein Nicht-Fakir, der irrtümlich in eine Badewanne voll zerstoßenem Glas gerollt wurde. Oder …

Ich: Wie seltsam, Pietr und ich unterhielten uns gerade heute morgen über Blaubart und seine Türen.

Sie: Ach, ja? In welchem Zusammenhang?

Ich: Die Musik, sagte er mir, entsteht immer aus dem Öffnen einer Tür.

Sie: Sehen Sie das auch so?

Ich: Nein. Wenn ich eine Tür öffne, passiert gar nichts.

Sie: Sie lieben die Musik nicht?

Ich: Nein.

Sie: Wie kann man die Poesie nicht lieben?

Ich: Oh, nein, die Musik.

Sie: Aber Musik *ist* Poesie!

Ich: Oh, nein, Poesie ist Poesie. Musik ist Musik.

Sie: Hat Zakhor Ihnen das eingeredet? Der Ärmste, er ist nicht mehr ganz bei Sinnen nach all diesen Geschehnissen …

Ich: Za-wer?

Sie: Zakhor. Der, den Sie immer zur Toilette führen.

Ich: Ich kenne ihn gar nicht. Ich war ihm nur behilflich.

Sie: Nun, Sie sollten ihn aber kennen. Ein großer Pianist. Ein Märtyrer. Ein Opfer der Nazis.

Ich: Wenn man ihn reden hört, könnte man das Gegenteil annehmen.

Ich werde sie fragen, was sie von ihm weiß, und endlich meine Neugier befriedigen: Wie hat er seine Hände verloren? Aber schon ist sie wieder beim Thema.

Sie: Ja, die Musik ist so ausdrucksvoll … Nehmen Sie Beethoven! Taub und so voller *Bedeutung*.

Ich habe beschlossen, unangenehm zu sein:

»Ich weigere mich, in der Musik einen Sinn zu finden. Sonst ist der Weg für Hitler geebnet. Außerdem, Sie müssen doch zugeben: Die klassische Musik nervt entsetzlich. Man hört sie im Fahrstuhl oder in der Warteschleife am Telefon.«

Es scheint, daß gute Argumente empören. Aber schlechte ebenso.

Sie: Wie, sind Sie etwa nicht empfänglich für die großartige Virtuosität dieser jungen Begabungen? Mich erschüttert die Schönheit. Ich bewundere die Seele. Ich bewundere das Genie.

Ich: Ich nicht. Seele, Genie, das sind Wörter für Journalisten.

Sie ist Journalistin. Sofortige Reaktion, die Lautstärke steigt, meine Chancen sinken. Sie immer noch *Poesie, Genie, Virtuosen*. Ich immer noch *Musik nicht Poesie und Poesie nicht Musik*. Einigung unmöglich. Dialog unwahrscheinlich. Sie verteidigt mit Klauen und Zähnen Stellung und musikalisches Adlernest. Ich reite aufrecht im Alkohol meine blutig gepeitschten Prinzipien. Plötzlich, Katastrophe: durch emphatische Geste Umstoßen des Tabletts eines Kellners mit weißen Handschuhen, Lärm, zerbrochene Gläser, kollektives Erstarren der Gäste, die tuscheln, ich alkoholisierter Grandseigneur beschließe, umgehend Versammlung zu verlassen wie ein Fürst. Ende der Akupunktur. Vorhang.

Ich schwanke durch die Schneewüste, durch die tiefe Stille dieser unbekannten Straßen. Ich kann nur gut denken, wenn es laut ist, und diese Stille, der man nachsagt, sie sei der Besinnung förderlich, steigert meine Verwirrung.

Warum habe ich mich mit dieser Journalistin in die Haare gekriegt, die so widerlich schön und selbstsicher ist, ich hätte sie lieber an den Haaren packen und küssen sollen, diese arrogante Nervensäge, die mir ihre Klischees darlegt und meine Zweifel verschlimmert.

Die Nacht ist über Warschau hereingebrochen. Ich erkenne nichts wieder. Irgendwo oder anderswo, Schnee, und darunter, wie überall: Steine, Metall, Kirchen, Bauwerke, Häuser. Mitten im Stadtzentrum steht zwar der imposante »Palast der Kultur und der Wissenschaft«, aber der erinnert an nichts. An einen riesigen und monströsen quadratischen Kuchen, erbaut wie eine Kaserne in Form einer stalinschen Kirche, die in über 200 Metern ihren höchsten Punkt erreicht, 234, um genau zu sein, ich habe nämlich einen Reiseführer, also kann ich ihn auch benutzen. Abgesehen von diesem Monument der Häßlichkeit gibt es nichts zu sagen. Es ist kalt, logisch.

Ich höre Stimmen, von irgendwoher ein Lichtschein, ich entdecke eine Tür, die ich aufdrücke, ohne nachzudenken: eine Art Kneipe, bevölkert von trübsinnigen Alkoholikern.

Eine Melodie erklingt. Einer der Trinker singt mit schriller Frauenstimme. Eine Geige begleitet ihn ziemlich falsch.

Gegen meinen Willen bin ich ergriffen. Im Innersten berührt. Verdammt, sage ich mir in alkoholischer Verzückung, dieses Lied ist großartig. Welch Mangel an Vokabular. Wie würde Barbie sagen? Dieses Lied ist *voller Bedeutung*. Voller *Seele*.

Ich bin so weit weg von allem. Wieso sitze ich in dieser polnischen Spelunke, umringt von Zechbrüdern, und flenne vor diesem schnauzbärtigen Dummkopf, der aus seiner Sperrholzgeige markerschütternde Klänge quält? Etwas in mir ist zerbrochen, ein Damm hat nachgegeben, ich fließe über.

Die Typen starren mich an, nicht einmal spöttisch, besoffener als Frontsoldaten vor dem Ausfall aus dem Graben, mit großen, von Blut und Mitgefühl rotunterlaufenen Augen, auch sie weinen, auch sie fließen über. Mit tränenerstickter, brüchiger Stimme fährt der Sänger in seinem monotonen Singsang eines gefallenen Chorknaben fort, seine Stimme ist reiner als die eines Kastraten, er wühlt mich immer noch auf mit seinem volkstümlichen, vulgären Liedchen, während vierzehn Trauermärsche, interpretiert von den größten Hoffnungen der internationalen Pianistenelite, gerade mal meine Blase zu rühren vermochten.

Das ist zuviel. Meine Seele ist solche Überflutungen nicht gewöhnt. Wenn ich hierbleibe, krepiere ich, dann droht der endgültige Dammbruch. Bilder steigen in mir auf, ich bin der Halluzination nahe, ich sehe Farben, Gesichter, Landschaften, ich sehe meine Familie, die glücklichsten Momente meiner Kindheit, und die traurigsten, alles vermischt in einer Flut von Tränen, die Musik bringt mich völlig durcheinander, die Musik, kombiniert mit Alkohol, Tingeltangel-Musik zwar, aber immerhin Musik, von der ich in diesem Augenblick begreife, daß sie tatsächlich zu jeder erdenklichen Handlung führen kann, indem sie die intensivsten Gefühle weckt. Es ist unerträglich. Ich leide wie Tschaikowski. Ich bin bereit, ein Glas Cholera zu trinken, um der Tortur ein Ende zu setzen.

Ich gehe hinaus in die Kälte, die sich eisig anfühlt nach so viel Wärme, mir dröhnen die Ohren. Wie benommen, wie ein Boxer mit ramponiertem Gesicht und Körper, stammele ich taumelnd vor mich hin, ich versuche laut ein Selbstgespräch zu führen, um mich an etwas festzuhalten.

Endlich begreife ich die Aufmerksamkeiten, mit denen man meinen Freund Ostreich umgibt. Ich begreife blitzartig das musikalische Genie. Ohne den Umweg über unnütze Wörter. Die Musik wird immer stärker sein, denn sie zielt direkt ins Herz, und sie trifft, sie trifft.

Ich fange wieder an zu weinen auf der menschenleeren Straße, diesmal vor Erleichterung. Auch ich beginne, diese absolute, lähmende Bewunderung zu empfinden, die Ostreich so verachtet, wie er mir mehrfach gesagt hat. Ich weiß es jetzt: Er wird immer mehr sein als ich, oder nicht einmal mehr, sondern anderswo, an einem Ort, den nur er allein kennt, von dem aus er sein Licht zu uns sendet. Man versucht nicht, die Sonne zu verstehen, man verehrt sie. Sie spendet uns Leben, und wir nehmen es von ihr entgegen, solange sie scheint.

Nachdem ich drei bedrohlichen Gestalten begegnet bin, beschließe ich heimzugehen. Ich erinnere mich nicht an den Rückweg zur Pension, aber die Angst wird mich führen. Vertieft in den Anblick meiner Schuhe, die im Schnee einsinken, finde ich endlich den Weg. Ich betrete das Haus mit Hilfe des Schlüssels, der mir am Morgen anvertraut wurde, alles schläft, nur das Ticken einer Uhr begleitet meine Schritte auf der knarrenden Treppe. Ich erreiche mein Zimmer. Eine Nachtlampe auf einem kleinen Sekretär erwartet mich. Das Licht wird durch den vergilbten Lampenschirm gedämpft, dessen Maserung an die Adern von Platanenblättern erinnert. Neben der Lampe liegt ein in Leder gebundenes Buch. Für mich? Es ist eine Art Prosagedicht in einer zweisprachigen, deutsch-französischen Ausgabe, erschienen in Hamburg im Jahre 1963. Der Titel lautet *Erinnerung*. Der Autor, P. Zakhor. Zakhor, wie der Alte aus der Oper. Ist es derselbe? Ich setze mich vor den Sekretär auf einen Stuhl, der bei jeder Bewegung knarrt, und schlage das Buch auf. Es geht um Klavier und Weltkrieg. Nach ein paar Seiten klebt mir die Zunge am Gaumen. Ich gehe in die Küche hinunter, um eine Flasche Wodka zu suchen. In einem Schrank werde ich fündig. Ich trinke nur wenige Schlucke, dann falle ich vollständig angekleidet auf mein Bett und in einen traumlosen Schlaf. Die Glühbirne knistert, sie sendet Signale durch meine Augenlider wie ein Leuchtturm an ein Schiff in Seenot.

Ostreich weckt mich.

»Aufstehen, alter Junge!« donnert er fröhlich. »Hier, trinken Sie das!«

Mechanisch führe ich die Tasse Kaffee, die er mir in die Hände geschoben hat, an die Lippen. »Auf ex!« befiehlt er. Ich gehorche, ehe ich bemerke, daß es sich schon wieder um Alkohol handelt, kaum verdünnt mit einem Kaffee, der, nach seiner Stärke zu schließen, aus dem zusammengekratzten Bodensatz eines türkischen Mokkas gebraut sein muß. Ich zucke zusammen. Plötzlich sitze ich aufrecht im Bett und ringe nach Luft, ich höre Ostreich spöttisch lachen.

»Das weckt die Lebensgeister!« ruft er triumphierend. »Zu Ihrer Information: der Wodka, den Sie sich von Ihren Gastgebern geliehen haben, enthält 96 Prozent Alkohol und wird normalerweise verdünnt getrunken. Wenigstens wir Polen praktizieren es so ... Sind Sie gestern abend auf eigene Faust losgezogen? Nach Ihrem kleinen Auftritt waren Sie plötzlich verschwunden. Wo haben Sie sich denn herumgetrieben?«

Ich stelle fest, daß ich völlig angekleidet eingeschlafen bin. Meine Hose und meine Schuhe sind schlammverkrustet. Mein Schädel hallt wider von dem fernen Gelächter und den Akkorden des Vorabends. Chopin rächt sich für das, was ich über ihn gesagt habe: Er schlägt zu, mit aller Kraft, im Innern meines Kopfes, er zerschlägt die Klaviatur, zerreißt mir das Trommelfell, den Schädel, die Brust und den Bauch, läßt alle meine Organe erzittern wie eine vorrückende Armee. Chopin treibt sein Spiel mit mir. Er weidet sich an meiner Gebrechlichkeit, und die Perspektive, mich in den bevorstehenden Stunden weitere fünfzehn bis zwanzig Trauermärsche ertragen zu sehen, verzehnfacht seine Schadenfreude.

»Bereit für die Front?« fragt mich Ostreich mit einer Spur Ironie. »Oder möchten Sie heute lieber das Bett hüten? Ich kann Sie entschuldigen lassen, aus medizinischen Gründen: Vergiftung durch eine Überdosis Musik ... Zu schade, in zwei Stunden sind Sie an der Reihe.«

Die Vorstellung ist verlockend: Stille und Federn, ein gutes Kopfkissen, schlafen ... aber ich bin nicht hierher gekommen, um ausgerechnet dann im Bett zu bleiben, wenn ich spielen sollte.

Ich gehe von Bord. Seeleute kennen diese Übelkeit, wenn man nach langer Überfahrt wieder festen Boden unter den Füßen hat. Alles schwankt, die allgemeine Schwerkraft scheint dich zur einzigen Zielscheibe genommen zu haben, die Coriolis-Kraft konzentriert sich ausschließlich auf dich: Das ist die Landkrankheit.

»Sind Sie sicher, daß Sie zurechtkommen?« fragt Ostreich und nimmt mich am Arm.

Ich muß wohl mit ja geantwortet haben, denn er schleppt mich im Sturmschritt davon, was das Schlingern noch verstärkt, und redet in jenem scherzhaften Ton auf mich ein, den er für ernste Dinge anschlägt.

Er spricht über alles, nur nicht über Musik: über gepanschten Kartoffelschnaps, über Frauen, über den Hintern der Journalistin, mit der ich mich gestritten habe, sie muß – ich zitiere – »im Bett eine echte Wildkatze sein«, das schließt er aus der Art und Weise, wie sie mich abgekanzelt hat, und dann noch über *Mein Kampf*, die Renaissance, den Faschismus in Europa, die Wiedervereinigung Deutschlands, Japan, Asien, Afrika, Andalusien (habe ich recht gehört?) und andere Themen, die sich in meinem Kopf vermengen wie Gemüse im Mixer: all das ergibt zum Frühstück eine widerliche und schwerverdauliche Suppe.

Ohne meinen Gastgeber verärgern zu wollen, werde ich mitten in einem seiner internationalen Gedankenflüge von einem Magenkrampf gepackt und krümme mich zusammen. Dieser etwas demütigende Reflex ereilt mich, während mein Freund sich über die Schönheit der Barbie-Journalistin ausläßt. Er will darin ein Zeichen sehen:

»Muß ich daraus schließen, daß Sie für ihre Reize unempfänglich sind?«

Er reicht mir ein Taschentuch.

Ich will antworten, erliege jedoch einem zweiten Würgereiz.

»Tja, das kommt von Herzen.«

Die ersten Passanten sehen sich nach uns um. Ostreich murmelt mir zu:

»Nehmen Sie sich zusammen. Wenn Sie trinken wollen wie ein Mann, müssen Sie auch die lästigen Folgen in Kauf nehmen …«

Eine spöttische Frauenstimme unterbricht ihn:

»Na, wohl dem Champagner zu sehr zugesprochen, Mister Cocktail?«

Ich würde sie unter Tausenden erkennen. Es ist diese Nervensäge von Journalistin.

Mein Stolz kommt mir zu Hilfe. Ich hebe den Kopf,

wische mir mit dem von Ostreich geliehenen Taschentuch den Mund ab und antworte, plötzlich wieder bei Sinnen, in ehrlich angewidertem Ton:

»Nein, ich habe gerade Ihren letzten Artikel gelesen.«

Sie macht auf dem Absatz kehrt und murmelt dabei ein wenig überzeugendes »Flegel«.

Mein Freund lobt:

»Alle Achtung, einen verletzten Löwen soll man eben nicht reizen.«

Erschöpft beschränke ich mich auf ein Lächeln und versuche, Haltung zu wahren: Nur noch wenige Meter bis zum Ziel.

Die Oper ragt aus dem Schnee. Zum Glück sind zu dieser morgendlichen Stunde Vorplatz und Außentreppen menschenleer. Bis auf dieses verdammte Weib hat niemand meine schmerzhafte Rückkehr in die Realität beobachtet. Wir haben noch eine gute Stunde, bis der Wettbewerb weitergeht. Ich muß ein Klavier finden, um mir die Finger zu lockern.

»Sie sind nicht in der Verfassung zu spielen«, sagt Ostreich. »Lassen Sie mich machen. Ich bringe Sie in Form.«

Ein BMW parkt in einem Gäßchen. Ostreich betätigt die Zentralverriegelung. Er setzt sich auf den Fahrersitz und bedeutet mir, auf der anderen Seite einzusteigen. Der Ledersitz ist bequemer als in jedem Flugzeug, das Armaturenbrett erstrahlt in vollem Glanz, als ich die Tür zuschlage, klingt es metallisch und gedämpft zugleich. Plötzlich sind wir weit weg von den polnischen Widrigkeiten, in einer deutschen Enklave, auf einem Territorium des Luxus. Er läßt den Motor an.

»Tagsüber benutze ich ihn nicht. Meine Bewunderer möchten nicht sehen, daß ich reich bin. Sie ziehen es vor, es nur zu ahnen.«

»Ist das Ihr Wagen?«

»Gefällt er Ihnen? Ich lasse Sie fahren, wenn Sie wieder auf dem Damm sind. Servolenkung, Automatikgetriebe. Cruise control. Ich habe ihn in Kalifornien gekauft. Deutsche Autos sind in den USA billiger als in Europa. Verstehen Sie das?«

»Das ist die Globalisierung. Der Fortschritt.«

»Was heißt das? Wissen Sie es? Ich auch nicht. Je weiter der Fortschritt geht, desto mehr habe ich das Gefühl, mich rückwärts zu bewegen. Unsere Unwissenheit wächst hinter unserem Rücken. Wissen Sie etwa, wie ein Auto funktioniert? Ein Bauer im Mittelalter konnte seinen Karren reparieren. Beten Sie, daß wir keine Panne haben, wir müßten zu Fuß zurückgehen. Wir sind in Polen, hier gibt es keine Ersatzteile, und Sie sind unwissender als ein Bauer des 12. Jahrhunderts, finden Sie das etwa beruhigend? Erklären Sie es mir, wenn Ihr Kater vorbei ist.«

»Vorsicht!«

Ein Lastwagen kommt in der engen Straße direkt auf uns zu, der Fahrer muß am Steuer träumen, er fährt mitten auf der Fahrbahn. Ostreich scheint ihn nicht zu sehen, seine mittelalterlichen Betrachtungen haben ihn offenbar weit weg geführt von den Sorgen des Alltags, wie etwa der, am Leben zu bleiben. Er wechselt die Spur nicht, hupt nicht, bremst nicht. Der Laster wird in der Windschutzscheibe immer größer.

Ich schließe die Augen und schätze unsere Überlebenschancen dank der anerkannten Stabilität der deutschen Karosserie auf größer als Null, obwohl ich, ein erheblicher Nachteil, auf dem »Todesplatz« sitze. Ich öffne die Augen wieder. Ich will meinen möglicherweise letzten Anblick nicht versäumen.

Der Laster ist so nah, daß ich das amorphe Gesicht des Fahrers erkenne, ein Schnauzbärtiger, der plötzlich zu erwachen scheint: Schreck durchzuckt seine Augen über offenem Mund. Wie eine Scheibe Bacon-Gemälde. Er reißt das Lenkrad herum, und der Laster macht einen Satz, würdig des chaotischen Flugs einer Fliege, er verfehlt uns sozusagen um Haaresbreite.

Ich höre, wie mein Nachbar einen Fluch brummt, wohl in seiner Muttersprache. Jedenfalls verstehe ich nicht und will auch nicht verstehen: Starr vor Entsetzen, halte ich den Atem an. Die Augen noch immer in die Ferne gerichtet, fragt Ostreich:

»Halten Sie Chopin nach wie vor für einen Wegbereiter der Nazis?«

»Hören Sie, Pietr, ehrlich gesagt bin ich jetzt nicht in der Stimmung, das zu diskutieren.«

»Glauben Sie vielleicht, mein Vater war in der Stimmung, nach Auschwitz zu gehen und dort zu sterben, als die Nazis ihn verhafteten?«

»Ihr Vater wurde ... Es tut mir leid, ich ...«

»Sie brauchen sich nicht zu entschuldigen, Sie können nichts dafür. Die Nazis übrigens auch nicht.«

»Wie meinen Sie das?«

»Mein Vater wurde nicht verhaftet. Er hat sich den deutschen Behörden gestellt. Er hat sich sozusagen selbst denunziert.«

»Sie scherzen ...«

»Würden Sie an meiner Stelle scherzen? Wahrscheinlich, Sie sind ein Narr.«

Er parkt den Wagen auf dem Bürgersteig und bedeutet mir, auszusteigen.

»Schauen Sie!« sagt er und weist auf die umstehenden Gebäude.

Kleine, eng aneinandergedrängte Häuser, dazwischen moderne und absolut häßliche Wohnblocks aus der Nachkriegszeit.

»Sehen Sie, hier ist es.«

Ich sehe nichts. An der Stelle, auf die er zeigt, gibt es nichts anderes als überall hier oder sonstwo. Es beginnt in langsamen Flocken zu schneien.

»Hier ist es? Was ist hier?«

»Mein Vater«, sagt Ostreich leise. »Hier ist er gestorben.«

Ich wage nicht, etwas zu sagen, aber schließlich siegt die Neugier.

»Ist er denn nicht in Auschwitz umgekommen?«

Ostreich überhört meine Frage, wie er es bei Journalisten häufig tut, vielleicht will er mir damit zu verstehen geben, wie deplaziert sie ist, und mir die Schande ersparen, mich eines Tages daran erinnern zu müssen, daß ich sie gestellt habe.

»Ich weigere mich, seinen Tod den Deutschen zu überlassen.«

Die Stimme meines Freundes ist nicht wiederzuerkennen. Sie ist schneidend, kochend vor Wut.

»Für mich ist er hier gestorben.«

Dann im Ton eines Fremdenführers:

»Sie stehen vor den Toren des Warschauer Ghettos. Hier starben Juden mit der Waffe in der Hand. Hier ist mein Vater gestorben, bevor er nach Auschwitz gebracht wurde.«

Ich glaube zu verstehen, was er meint. Genauer bedacht, hat er eigentlich recht. Ich halte es für angebracht, ihm das mitzuteilen, indem ich einige den Umständen entsprechende

Betrachtungen über die jüdische Tragödie und das metaphysische Problem des Bösen anführe. Ich erzähle ihm auch von dem Buch, das ich in meinem Zimmer gefunden habe. Zakhors Buch. Ich kann nicht bestimmen, ob es sich um Literatur handelt oder um etwas anderes, Düstereres und Schmerzlicheres.

Ostreich hört mir aufmerksam zu. Noch bevor ich ausgeredet habe, sehe ich auf seinem Gesicht schon ein spöttisches Lächeln erscheinen. Ich verstumme.

»All diese *Wörter*!« sagt er in unendlich verletzendem Ton, so sehr klingt seine Verachtung nach tiefster Aufrichtigkeit. »Wie kann ein junger Dummkopf wie Sie so voller Wörter und Weisheit sein?«

Ostreichs Worte lassen mich erstarren. Sie treffen meinen wunden Punkt.

»Sie lesen zuviel«, fährt Ostreich fort. »Das geschriebene Wort ist eine einzige, gewaltige Speichelleckerei. Es schmeichelt den Möchtegern-Intellektuellen einer Gesellschaft, die sich zu Tode langweilt und jeder Energie beraubt ist, die weder die Kraft noch den Willen aufbringt, selbst etwas auszuprobieren. Das Wort ist voller Eunuchen, Heuchler, Jammerlappen, verweichlichter Weiser, die ihre Sätze herumschwänzeln lassen wie dressierte Schlangen im Zirkus.«

Wir betreten eine Milchbar (*bar mleczny*), wo er mir ein reichhaltiges Frühstück spendiert. Die Milchbars, so erklärt er mir, sind die einzigen, die so früh schon geöffnet haben. Während des kommunistischen Regimes waren es subventionierte Einrichtungen, in denen man sich für lächerliche Beträge an Milch- oder Gemüseprodukten sattessen konnte. Für ein paar Dollar läßt er vor uns einen Berg von *knedle*, *kopytka*, *leniwe pierogi*, *naleśniki*, *pierogi*, *placki ziemniaczane*, *pyzy*, *fasolka po bretońsku*, gefüllten Teigtaschen mit Pflaumen, mit Äpfeln, Quarkklößen, Pfannkuchen mit Quark, mit Marmelade, mit Sauerrahm, Maultaschen aus Nudelteig mit Heidelbeeren, Kohl, Waldpilzen, Kartoffelpuffern erscheinen.

Mit vollem Mund versuche ich eine Rechtfertigung:

»Ich wüßte gern, ob ich in diesem Ghetto den Mut gehabt hätte zu kämpfen ...«

»Mut! Was für ein großes Wort, das die Feiglinge verwenden, die nichts davon verstehen. Heutzutage speit jedermann seine legitime Abscheu gegen Hitler aus, aber was hätten Sie getan, wenn Sie ihm gegenübergestanden hätten? Hätten Sie auch nur den Mut gehabt – ich sage nicht, ihn umzubringen, aber daran zu denken, ihn umzubringen? Ich bin überzeugt, Sie trauen sich noch nicht einmal, am Kiosk ein Pornoheft zu kaufen, weil Sie sich vor dem Blick der Verkäuferin fürchten, wenn Sie Ihr Wechselgeld in Empfang nehmen. Na, kommen Sie schon, junger Mann, lachen Sie!« sagt er, indem er mir auf den Rücken klopft. »Ich sage das nicht, um Sie zu ärgern, sondern um Ihnen die Augen zu öffnen. Sie sind noch so jung. Alles, was von Ihnen verlangt wird, ist, daß Sie Klavier spielen!«

Jetzt reicht es wirklich, Ostreich oder nicht, ich werde etwas sagen. Doch er läßt mir keine Zeit.

»Ich weiß, wie das ist. In Ihrem Alter habe ich mich auch nicht getraut. Und heute, wo ich mich trauen würde, finde ich keinen Gefallen mehr daran.«

Er schaut auf die Uhr.

»Es wird Zeit. Gehen wir!« sagt er und steht auf.

Im Hinausgehen ruft er der Wirtin etwas zu, was sie zum Lachen bringt.

»Ach bitte«, sagt er, während er den Wagen zwei Straßen von der Oper entfernt parkt, »tun Sie mir doch einen Gefallen. Ich gehe den Rest zu Fuß.«

Er zieht einen Zettel aus der Tasche, kritzelt mit einem massigen goldenen Füllfederhalter ein paar Worte auf polnisch darauf und drückt ihn mir in die Hand.

»Suchen Sie eine Buchhandlung und bringen Sie mir die französische Tageszeitung und das Magazin mit, dessen Namen ich aufgeschrieben habe. Wenn Sie nicht allein zurechtkommen, geben Sie dem Buchhändler den Zettel. Es ist sehr wichtig. Wir sehen uns sobald wie möglich in meiner Garderobe. Ich bin spät dran, ich muß gehen.«

Er überläßt es meinem Instinkt, das polnische Äquivalent eines Buchladens zu finden. Schließlich entdecke ich ein paar Straßen von der Stelle entfernt, an der er seinen Wagen versteckt hat, einen Zeitungshändler. Der Händler ist eine Händlerin. In den Dreißigern, vollbusig unter einem dünnen weißen Wollpullover. Hübsch hinter ihrer Brille. Ich frage sie in meinem üblichen Englisch, ob sie *international press* führe. Sie antwortet mir – schon wieder, es wird langsam zur Gewohnheit – in perfektem Doktoranden-Französisch, daß Sie mir ganz nach meinem Belieben anbieten könne:

»*Le Monde* von gestern oder *L'Humanité* von vorgestern. Sind Sie Franzose?«

»Sie auch?«

Ihr schelmisches Lächeln ermutigt mich, ihre versonnenen blauen Augen leuchten in einem matten, aparten Gesicht. Mir schießt der Gedanke an das Klischee vom *französischen Charme* durch den Kopf. Ich sage mir, daß es bei dieser jungen Frau vielleicht zu meinen Gunsten wirken wird, denn sie ist offensichtlich in unsere Sprache vernarrt, die immerhin auch meine ist.

»Nein. Mein Vater war Franzose. Aber meine Mutter war Polin.«

»Wie bei Chopin.«

Diese Bemerkung habe ich laut geäußert, ich bin einem Belehrungsversuch aufgesessen, diktiert von einer hormonellen Erregung, wie sie in der Balz unvermeidlich ist.

»Sind Sie hier, um sich den Wettbewerb anzuhören?«

»Um daran teilzunehmen. Ich bin in knapp einer Stunde an der Reihe.«

Ich konnte es mir nicht verkneifen. Meine Güte, immer das gleiche. Ich versuche schon wieder, dieses Mädchen zu beeindrucken. Es wird niemals funktionieren. Oder wenn es funktioniert, gibt es keinen Grund, stolz zu sein. Um meine Prahlerei zu unterbinden, reiche ich ihr Ostreichs Zettel.

»Hätten Sie auch das?«

Sie liest, lächelt.

»Sie fürchten, Sie könnten sich langweilen. Drei Wochen Chopin, da muß man schon etwas parat haben, was einen wieder aufrichtet.«

Sie verschwindet hinter der Theke, wühlt einen Moment herum, dann legt sie mir eine Fachzeitschrift vor die Nase, die ich anhand der Brutalität des Titelbildes auf den ersten Blick als hochgradig pornographisch identifiziere. Ich spüre, wie ich augenblicklich von Kopf bis Fuß erröte. Ich stottere irgend etwas. Meine Verwirrung ist grenzenlos, ich würde mich am liebsten in Luft auflösen, kurzerhand vom festen in den gasförmigen Zustand übergehen und damit zum ersten Mal in der Menschheitsgeschichte jene Metamorphose vollziehen, welche die Chemiker mit dem, was ihnen an Poesie geblieben ist, so schön Sublimierung nennen.

Ich muß wohl etwas gestammelt haben wie »Aber, ich, das ist nicht …«, denn die Verkäuferin, die zwar immer noch ungerührt lächelt, aber sich das Lachen mühsam zu verkneifen scheint, unterbricht mich im verschwörerischen Tonfall eines Wissen-Sie-da-habe-ich-schon-Schlimmeres-gesehen und spricht diesen schrecklichen Satz aus:

»Ich weiß, *es ist nicht für Sie*.«

Ich lehne die angebotene Plastiktüte höflich ab und klemme mir das Magazin – dessen Titelbild sich bei näherem Hinsehen nicht nur als pornographisch erweist, sondern dies auch noch von der übelsten Sorte – zusammengerollt unter den Arm. Ich bin schon an der Tür, als die Stimme des Mädchens mir frech und belustigt nachruft:

»Wollen Sie *Le Monde* nicht mehr? Und *L'Humanité* auch nicht?«

Ach ja, die hatte ich ganz vergessen.

Aber die Aussicht, dem Blick der Verkäuferin erneut zu begegnen, lähmt mich. Ohne mich umzudrehen rufe ich:

»Nein, danke. Halten Sie sie mir warm. Das hat Zeit bis morgen.«

Ich trete auf die Straße hinaus, wo ich eine Pause einlege, um das Desaster auszuloten. Gerade habe ich mich verpflichtet, morgen wiederzukommen. Für heute abend muß ich mir ein Schlafmittel besorgen. Wenn ich nicht wieder hinginge, wäre ich feige. Bis jetzt bin ich nur pervers. Dieser Dreckskerl von Ostreich hatte recht: Auge in Auge mit der Verkäuferin würde mir der Mut fehlen. Nur in einer Kleinigkeit täuschte er sich: nicht, wenn ich das Pornoheft kaufe, sondern wenn ich am nächsten Tag wegen der ehrbaren Zeitung *Le Monde* zurückkomme.

Ich betrete Ostreichs Garderobe, ohne anzuklopfen. Als ich sehe, daß er nicht allein ist, bin ich drauf und dran, ihm seine öffentliche Demütigung heimzuzahlen und ihm das Pornoheft ins Gesicht zu werfen. Ich besinne mich anders, als ich bemerke, daß die Blondine neben Ostreich niemand Geringeres ist als die ebenso unausstehliche wie aufreizende Journalistin, und beschließe, das Heft zusammengerollt unter dem Arm zu behalten.

Sie würdigt mich keines Blickes und unterbricht sich nicht einmal. Ostreich begrüßt mich lautstark:

»Na, Kamerad (er betont das Wort und spricht es, scheint mir, mit einem leichten deutschen Akzent aus), haben Sie mir *Le Monde* mitgebracht? Lassen Sie mal sehen, was haben Sie denn da, seien Sie doch nicht so schüchtern.«

Er entreißt mir das Heft, betrachtet es mit erstaunter Miene, dann schlägt er es auf und blättert genießerisch darin, vor den Augen dieser Amazone, die offenbar nichts aus der Fassung bringt.

»Ich sehe, Sie haben etwas Besseres gefunden.«

Die Falle schnappt über mir zu, zum dritten Mal am selben Vormittag werde ich durch Ostreichs Schuld vor einer Frau gedemütigt, davon zweimal vor dieser Journalistin mit der spitzen Zunge und dem affektierten Gehabe.

»Wenn Sie gestatten, das ist ein sehr gutes Magazin.«

Ostreich gibt es mir sofort zurück, als habe er nur darauf gewartet.

»Ich wußte gar nicht, daß Sie Polnisch lesen. Sie stecken ja voller Überraschungen. Tja, wir wollen Sie nicht aufhalten, wir möchten Sie nicht länger von einer so spannenden Lektüre abhalten. Nicht wahr?«

Er dreht mir den Rücken zu und wendet sich an die Journalistin:

»Wir für unseren Teil haben Besseres zu tun.«

Kochend vor Wut gehe ich hinaus. Das Gefühl, einmal zu oft reingelegt, über alle Maßen verletzt worden zu sein. Und diesen alten, eingebildeten, alkoholsüchtigen und seelenlosen Dreckskerl hatte ich für einen Freund gehalten! Man hat einmal über ihn gesagt – seither ist dieser Ausspruch mit seinem Bild verbunden: »Wenn er spielt, ist die Welt schöner.« Als ich an einem Mülleimer vorbeikomme, will ich mich meiner obszönen Fracht entledigen, die mir bereits zwei Frauen und den Tag verdorben hat. Der Gedanke an all das, was ich wegen dieses »Auftrags« schon erlitten habe, hält mich jedoch davon ab. Laß dich nicht im Zorn zu einer unüberlegten Handlung hinreißen. Immerhin habe ich mir dieses Magazin verdient: ich habe das Recht, es als *Kriegsbeute* zu behalten. Ich schließe mich in einer Toilettenkabine ein und blättere fieberhaft in den Seiten mit Mädchen in unglaublichen Posen, die mich aus ihrem Glanzpapiergefängnis anlächeln, während sie sich penetrieren lassen, Mädchen, deren lüsterne Blicke mir das Adrenalin in Wellen durch die Adern jagen. Die Scham weicht der Lust.

Eine Viertelstunde später betrete ich entspannt und stolz die Bühne. Der Ansager hat meinen Namen verunstaltet. Was ich tun werde, ist viel schlimmer: Ich verunstalte Chopin.

Nachdem ich geendet habe, beschließe ich, in die Pension zurückzukehren. Ostreich ist zu weit gegangen, heute will ich ihm in der Oper nicht mehr begegnen. Hat er das absichtlich getan, um mich aufzurütteln und meinem Auftritt Schwung zu verleihen? Jedenfalls hat es funktioniert: Ich habe gar nicht schlecht gespielt. Ich habe sogar den Duft des Semifinales gewittert. Die zahnlose Alte strickt immer noch in ihrem Sessel. Die Standuhr im Wohnzimmer, die-ja-sagt-die-nein-sagt, bringt mich vielleicht auf den Gedanken, daß diese Großmutter bald meine sein wird, durch die Verbindung mit der Enkelin. Ich höre Geräusche aus der Küche. Sie ist es, sie schält Zwiebeln. Sie weint über der Pfanne, aber wie soll ich sie trösten? Als sie mich bemerkt, macht sie eine verschämte Bewegung: sie will sich die Tränen mit dem Ärmel abwischen. Ihr schüchternes Lächeln ... etwas ganz anderes als das siegessichere Grinsen der mondänen Wildkatze. Sie wird meine Frau werden ... Aber wie soll ich's ihr sagen, die sie keine Ahnung von meiner Sprache hat, so wenig wie ich von der ihren? Trotzdem ist es mir gelungen, ihren Vornamen zu erfahren, sie heißt Katia. Nichts drängt, Schluß mit der Pornographie, nicht niedere Begierde ist angebracht, sondern zivilisierte Annäherung. Ich lächele sie an, betrachte sie schweigend, ich will ihr Bild in mich eingraben. Ich ziehe mich in den ersten Stock zurück, um meine Verwirrung zu erforschen. Ich schließe die Fensterläden, setze mich an den Sekretär, schalte die kleine Lampe mit der Äderung von Platanenblättern an.

Es ist nicht wirklich Nacht. Draußen hören die anderen dösend Chopin zu. Wenigstens mache ich etwas aus meinen Träumen. Meine Muse brät Zwiebeln in der Küche, ich brüte über unserer Liebe im Schlafzimmer. Schon führen wir eine Art platonisches Eheleben.

Zu Mittag lädt sie mich ein, das Mahl mit ihr zu teilen. Wir sind zwei Fayence-Figuren. Unter dem Blick der strickenden Sphinx wage ich es nicht, das Schweigen zu brechen. Beim Abräumen kann ich ihr nicht helfen, so bewegt bin ich, also gehe ich spazieren.

Draußen steht das Barometer auf Metamorphose. Die Frauen sind immer noch schön und auch begehrenswert, aber ich, ich habe die richtige gefunden.

Diese innerste Überzeugung kreist wie frisches Blut in meinem ganzen Körper. Ich laufe stundenlang. Die Welt ist schön, das Leben ist schön, meine Frau ist Garantin dieser universellen Schönheit. Selbst der schreckliche Palast der Kultur und der Wissenschaft in der Ferne sieht plötzlich aus wie eine gigantische Hochzeitstorte. Wie geht es bei polnischen Hochzeiten zu? Man läßt die Braut auf den Tisch steigen, sie zeigt ihr Strumpfband und hebt den Rock immer höher. Die schüchterne Katia, auf einem Tisch stehend. Die Brust im Spitzenkorsett zusammengeschnürt. Die Wangen vom Alkohol gerötet. Der Blick schamhaft, aber entflammt. Die Männer klatschen. Die Frauen stoßen Schreie aus. Man sieht den Saum eines Höschens. Einen Schatten.

Ich renne zum Haus, eile, vier Stufen auf einmal nehmend, zu meinem Zimmer hinauf und stürze mich auf das Magazin, das ich unter meinem Kopfkissen versteckt habe. Es ist nicht mehr da. Jemand hat mein Bett gemacht. Sicher Katia. Ich bin ein toter Mann. Ich muß verschwinden. Nie wieder werde ich ihrem Blick begegnen können. Ich bin ein Besessener, ein Perverser, nie wird sie mich wollen, und ihre Familie auch nicht, ich bin abartig veranlagt, gerade gut genug, um das Geschäft mit in Budapest gedrehten Pornofilmen anzukurbeln, mit Ungarinnen, so schön, daß es einen rasend macht. Aber wie verschwinden? Und wohin? Wie Ostreich den Grund für meinen Auszug erklären? Ich sitze in der Falle. Vielleicht habe ich noch Zeit, zum Trinker zu werden und mir mit einer ausreichend dicken Schicht Alkohol eine Rüstung des Vergessen anzutrinken? Die Flasche mit dem 96-prozentigen steht auf dem Sekretär neben der Lampe. Ein wenig verdünnen ... nein, pur, das ist alles, was ich verdiene. Die letzte Reinheit, die ich mir nach diesem bescheuerten Schlamassel leisten kann. Ich stelle mir vor, wie Katia in dem Geschmiere blättert, das ich ihr statt eines Verlobungsgeschenks überlassen habe. Es klopft. Ich nehme einen letzten Schluck, fest entschlossen, meinen Tagen nach dieser Begegnung ein Ende zu setzen, die ich ertragen werde wie das Jüngste Gericht.

Sie ist es. Strahlend. Mit rosigen Wangen, spöttischem Blick. Der Alkohol trifft mich im Magen. Vielleicht hat es ihr gefallen ... Vielleicht ... nein, das ist unmöglich, ich bin ein Schwein, daß ich so etwas denke. Sie lächelt mich an. So schön, so verlockend und dennoch so ehrbar ... Nichts ist verändert. Die Wärme erobert unsere Schüchternheit mit der gleichen Süße wie zuvor. Ich bin erfüllt von ihrer Anwesenheit, ihre in ein Korsett geschnürte Brust drängt in meine Hände, ihre Röcke, ihre Unterröcke bilden eine Blätterteighülle, die ich mit Blicken verschlinge. In ihrer Haltung lese ich weder Verachtung noch Abscheu. Sie hat nichts gefunden. Es muß dieser perverse Ostreich gewesen sein, der seine Bestellung heimlich abgeholt hat. Sie spricht. Ihre Stimme ist schüchtern, sie spricht Polnisch, was sagt sie? »Ostreich ...« Was, am Telefon? Nein, er ist unten. Er wartet auf mich, er ist gekommen, um mich aus meinem Schlupfwinkel zu holen, ich werde meine unentschuldbare Abwesenheit rechtfertigen müssen.

Während ich leicht angeheitert hinter meiner Muse die viel zu kurze Treppe hinuntersteige und ihr seidig schwingendes Haar mit den goldenen Glanzlichtern bewundere, wäge ich die Wahrscheinlichkeit ab, daß diese Konfrontation in eine Katastrophe münden wird. 96 Prozent, sagt mir der Wodka, der in mein Blut übergeht. Die kleinste unpassende Anspielung, die kleinste Bemerkung, die Ostreich meiner engelsgleichen Verlobten zuflüstert, womöglich noch im Geheimnis seiner Muttersprache, und es ist geschehen. 97 Prozent. Noch eine Stufe. 98 Prozent. Ich komme im Erdgeschoß an und trete vor Ostreich. 99 Prozent. Er lächelt. 100 Prozent. Er öffnet den Mund:

»Heil!«

Er hat es auf deutsch gesagt.

»Ich bin gekommen, um Frieden zu schließen und Ihnen einen Spielkameraden vorzustellen.«

Er weist auf einen schwarzgekleideten jungen Mann, der neben ihm steht und stolz die Brust wölbt, obwohl, oder weil, er etwas kurz geraten ist.

»Die Hoffnung der internationalen Musikwelt: Ergo Zeitos!«

Was für ein lächerlicher Name. Er schüttelt mir begeistert die Hand.

»Sehr erfreut!«

Ich: Sind Sie Franzose?

Er: Väterlicherseits. Meine Mutter ist Russin. Ich bin in Brasilien geboren, aber eigentlich griechischer Herkunft, durch meinen Großvater.

Ostreich: Also, Jude. Ergo, ich stelle dir deinen stärksten Rivalen vor.

Ich: Sehr erfreut.

Ostreich: Wir sind alle sehr erfreut, nehme ich an. Ergo wird im Zimmer neben Ihnen wohnen. Seine Mutter hat mir das Versprechen abgenommen, daß er nicht allein im Hotel bleibt. Die Tochter des Hauses werden Sie sich teilen müssen. Gut, ich lasse Sie allein, ich werde erwartet. Ergo, pack deine Sachen aus. Entspann dich. Du bist in zwei Stunden an der Reihe. Dein Rivale wird dich begleiten.

Ostreich verschwindet und überläßt mir den internationalen Virtuosen. Der hat die Handschuhe anbehalten, als er mir die Hand schüttelte. Bestimmt hat er feuchte Hände, dieser eingebildete kleine Gockel. Aus Höflichkeit gegenüber meinem Feind biete ich ihm an, die Reste der Wodkaflasche, die auf meinem Nachttisch thront, mit ihm zu teilen. Erfreut nimmt er an. Ich öffne die Zimmertür. Die Flasche blickt uns spöttisch entgegen. Unter meinem Kopfkissen schaut die Ecke eines Hochglanzmagazins hervor, was den Blick meines Gastes ebenfalls fesselt. Großmütig ziehe ich das auf wundersame Weise wieder aufgetauchte Pornoheft aus seinem Versteck, drücke es ihm schnell in die Hand, bevor er auch nur die kleinste Bemerkung darüber verlieren kann, und verwandele damit die drohende Peinlichkeit meisterhaft in geheimes Einverständnis unter Männern. Durch diese noble Geste stelle ich mich als geborenes Mitglied der erotischen Elite Frankreichs dar. Er leert sein Glas auf einen Zug und verschwindet in seinem Zimmer – mit dem Magazin. Eine Stunde später klopft er an meine Tür und gibt es mir mit einem breiten, zufriedenen Lächeln zurück. Ich stelle verblüfft fest, daß der Schweinehund einzelne Seiten zusammengeklebt hat.

Diese Virtuosen haben keinerlei Respekt vor der Frau. Hätte er das etwa mit seinen Partituren gemacht? Er steht vor mir mit seinem Schuhcremelächeln, seinen Wollhandschuhen und seiner Fresse eines internationalen Edelkanaken, gleich haue ich ihm eine rein, aber er öffnet den Mund.

Er: Danke. Ich leide an Akustiphilie, Sie haben mir sehr geholfen.

Ich: Akusti... was?

Er: -philie. Erregung durch laute Musik. Im Flugzeug bin ich mit dem Walkman eingeschlafen. Durch die niedrigen Frequenzen wird das periphere Nervensystem stimuliert. Was den Abwehrmechanismen des Körpers entspricht und einen Anstieg des Adrenalinspiegels auslöst. Das kann bis zum Orgasmus führen. Auf der Bühne ist das sehr bedauerlich.«

Dieser Schlaumeier hält mir einen medizinischen Vortrag. Mit seinem kleinen exotischen Akzent: »Errrregung« »perrripher« »bedauerrrrlich«. Es wird Zeit. Wir gehen zur Oper.

Die Journalistin ist da. Sie wendet sich mir zu und lächelt übertrieben, als sie meinen Begleiter sieht. Sie öffnet erstaunt den Mund:

»Er-go! Wie geht es Ihnen? Was treiben Sie mit diesem zweifelhaften Subjekt?«

Ich bin erledigt. Mir steht die Demütigung bevor, daß mir die Diva von meinem Seitenzusammenkleber ausgespannt wird, ich werde mich allein an der Peripherie ihrer musikwissenschaftlichen Konversation wiederfinden. Zu meiner großen Überraschung antwortet Ergo jedoch wie selbstverständlich und ohne jede Spur von Schmeichelei:

»Er ist doch mein Freund.«

Ich lese in Barbies Blick, wie sehr ich in ihrer Achtung steige. Sie beobachtet mich aus den Augenwinkeln und erwägt, was dieses Genie nur an mir finden mag. Die beiden beginnen zu diskutieren. Klischee auf Klischee. Ich schweige. Er ist dabei, sie zu verführen. Schlimmer, sie ist bereits erobert.

Barbie und Ergo sehen mich an. Ich komme gerade rechtzeitig wieder zu Sinnen, um zu hören, wie Ergo sich verabschiedet. Er muß in die Garderobe. Sie geht zum Small talk über:

»Ergo ist wirklich ein netter Junge. Sie sind der Freund der Größten, wenn ich recht verstehe. Ostreich, Zakhor, Zeitos ... Ergos Spiel ist so voller *Phantasie* ...«

»Ergo ist ein eingebildeter kleiner Idiot. Ich mag ihn gern, aber wirklich, immer diese Handschuhe ...«

Sie lacht.

»Sie wissen doch sicher, daß er Kreislaufprobleme hat. So hält er seine Hände vor dem Spielen warm.«

Ich habe beschlossen, sie vor den Kopf zu stoßen.

»Ach, was ich Sie fragen wollte ... Haben Sie schon einmal mit einem Pianisten geschlafen?«

»Wissen Sie, was ›Auf Wiedersehen‹ auf polnisch heißt?«

»Nein.«

»Do widzenia.«

»Do widzenia.«

»Ja, genau, bis später.«

Drei Stunden später erwache ich im Konzertsaal. Es ist die Stunde der abfließenden Flut: Alle strömen in die Halle. Neben mir, als habe sie wie von Zauberhand während meiner Träumerei dort Platz genommen, meditiert die Statue des Komturs, Zakhor. Immer noch in seinem schwarzen Umhang, mit glänzendem Schädel. Er wird nicht aufstehen, und ich werde eine weitere peinliche Situation ertragen müssen. Früher oder später. Ich beschließe, seine Reglosigkeit zu unterbrechen. Ich sage:

»Wie fanden Sie Zeitos? Er war wirklich perfekt.«

Er zuckt mit keiner Wimper. Vielleicht ist er tot. Welches lebendige Wesen kann so bewegungslos verharren? Gerade als ich ihn berühren will, um zu prüfen, ob er etwa eine leichenartige Starre aufweist, verzerrt er kurz das Gesicht und zischt zwischen den Zähnen:

»Tausende von Künstlern wagen sich in die Wüste der Perfektion und werden nie daraus entkommen.«

»Sie wollen sagen ...«

»Ich will gar nichts sagen«, unterbricht er mich streng. »Sie sind es, der sagen will. Sie sind doch der Künstler, oder?«

Ich werde antworten. Mir wird etwas einfallen. Aber er fährt fort, ohne auch nur meine Zustimmung abzuwarten. Ich bin sein gebanntes Publikum, ich muß ihm zuhören bis zum Schluß.

»Man hat Ihnen gesagt, wer ich bin. Wer mir *das* (er reckt seine Stümpfe) angetan hat. Vielleicht dachten Sie, ich hätte mich selbst verstümmelt, hat Schumann sich nicht selbst operiert, hat er sich nicht einen Nerv durchtrennt, als er ungeschickt versuchte, sich die Finger zu verlängern? Ich habe Sie mit dieser Frau gesehen. Eine Journalistin, nicht wahr? Ich rieche es. Sie wirkt so selbstsicher. So voller Wissen. Ich kannte eine Journalistin. Damals, als ich Solist im Orchester von Auschwitz war. Ja, glauben Sie mir ...«

Von einem Unwohlsein erfaßt, beendet er seinen Satz nicht. Er muß sich setzen, und ich gehe, um nicht noch einmal seine Höflichkeit zu erleiden.

Die folgenden Tage folgen einander. Ich stehe früh auf und beende meine Nacht in den letzten Reihen der Oper. Danach vertrete ich mir die Beine und wechsle ein paar Worte mit bekannten Gesichtern. Ostreich sehe ich kaum noch. Der geheimnisvolle Zakhor scheint beschlossen zu haben, mich in Ruhe zu lassen, und grummelt unhörbare Beleidigungen. Sogar meine Blase hat sich offenbar beruhigt und an Chopin gewöhnt. Ich halte drei, manchmal sechs Stunden aus, ohne der Natur nachgeben zu müssen. Ich entwickle mich zu einem echten Zuhörer.

Die japanische Präsenz ist auffallend. Sowohl im Publikum als auch unter den Konkurrenten. Zwei Drittel der Kandidaten sind, wenn nicht im engeren Sinne japanisch, so doch asiatisch. Allmählich lerne ich, die verschiedenen Schulen zu erkennen, die Unterschiede im Spiel etwa eines Japaners und eines Chinesen. Oder, subtiler, zwischen einem Vietnamesen und einer Kambodschanerin. Oder, noch subtiler, zwischen einem Koreaner und einer Koreanerin.

Dann kehre ich in die Pension zurück, wo ich Ergo vor dem Fernseher vorfinde, der die besten Ausschnitte von den Konkurrenten des Tages überträgt. Wird er sich für das Semifinale qualifizieren? Natürlich ist der Chopin-Wettbewerb in erster Linie der Schönheit gewidmet, aber es ist und bleibt ein Wettbewerb. Es wird einen Sieger geben und die übrigen.

Besser gesagt, einen Sieger und niemanden. Seit fünfzehn Jahren wurde der Preis nicht vergeben, weil keiner der Kandidaten in den Augen der Jury brillant genug war. Aber das kann nicht so weitergehen. Der Sieger dieses Jahres wird der Sieger des Chopin-Jahres sein, mit dem an den Tod des Komponisten erinnert wird. Ich beruhige ihn, der Junge wird mir immer sympathischer. Ich riskiere nichts: Ich bin bisher nur zweimal über die Vorrunde hinausgekommen. Ich bin frei von jeder Angst. Ich wage es noch immer nicht, mit meiner Verlobten zu sprechen. Ihre Schüchternheit steckt mich an. Das Wort an sie zu richten würde an Vergewaltigung grenzen. Sie wirkt so rein, so empfindlich, sie anzusprechen könnte sie zerbrechen. Sie geht ihren häuslichen Pflichten nach, stets mit gesenktem Blick, mit dieser Zurückhaltung in den Gesten, die durch den Kontrast ihre makellose Gestalt noch aufregender macht. Ihre Brüste fangen das Licht so vollständig ein, als wollten sie es nicht wieder abgeben, sondern sich davon nähren, um noch weiter anzuschwellen.

Ergo unterdrückt einen Schrei. Die Kandidaten, die das Semifinale erreicht haben, werden verkündet. Es sind vierundzwanzig. Er ist leichenblaß geworden. Sein gewohntes Lächeln ist erloschen. Ein Tusch mit Trommelwirbel ertönt aus dem Fernseher. Es ist ein eckiger Flachbildschirm, sehr modern und westlich, aber die Farben sind übersättigt, und der Ton knistert fürchterlich, die Bässe bringen die Lautsprechermembranen zum Flattern. Die fossile Strick-Großmutter läßt ihre Nadeln ruhen und lauscht. Alle Gegenstände im Wohnzimmer beben im bläulichen Licht des Fernsehers. Selbst die schöne Katia erscheint aus der Küche, um, hinter uns stehend, die Resultate anzuhören.

Der Ansager erscheint mit einem Blatt in der Hand. Er

gibt einige Höflichkeiten von sich, die ich nicht verstehe, aber deren einzige und grausame Absicht es ist, den Moment hinauszuzögern, in dem die Namen der glücklichen Durchgekommenen verkündet werden. Dann beginnt er die Liste der Privilegierten vorzulesen, die an der Fortsetzung des Wettbewerbs teilnehmen werden. Gerade als ich Katia einen Blick zuwerfe, höre ich meinen Namen. Sie schenkt mir als Glückwunsch errötend ein wunderschönes Lächeln. Ich bringe kein Wort heraus, Zeitos' Name ist noch immer nicht gefallen. Er läßt die Finger knacken. Martin Stein gehört zur zweiten Partie. Immer noch kein Zeitos. Schweißtropfen treten ihm auf die Stirn. »Hiroko Takeshi«. Das waren schon vierundzwanzig, oder? »Ergo Zeitos.«

Seine Nasenflügel beben, er schnappt nach Luft, das ist das einzige Zeichen der Erregung, das er sich gestattet. Er ist dabei. Er steht auf, ohne mir Zeit zu lassen, ihm zu gratulieren – schließlich ist es nur *selbstverständlich*, daß seine wahre Größe erkannt wird, nicht wahr? –, und verschwindet in seinem Zimmer. Keine Minute später kommt er im schwarzen Mantel wieder herunter und geht. Er eilt zu dem Flügel im Konservatorium, auf dem er elf Stunden täglich an seinem Programm feilt. Keine Zeit für Gefühlsausbrüche, er muß üben, um der Beste zu sein oder gar nichts.

Über den Bildschirm flimmern Bilder der qualifizierten Kandidaten und ihrer Lehrer, dann folgen Auszüge aus ihrem Spiel. Was ich von mir höre, ist kein Grund, mich zu schämen. Als Ergo Zeitos an der Reihe ist, erfahre ich zu meiner Überraschung, daß sein Lehrer kein Geringerer ist als Ostreich persönlich, der damit nicht nur den Vorsitz der Jury bekleidet, sondern außerdem einen Schützling im Rennen hat. Auch ich nehme meinen Mantel und beschließe, ins

Konservatorium zu gehen, um ganz sicher zu sein. Zeitos, Ostreichs Schüler! Das ging eigentlich schon daraus hervor, wie ausgiebig er ihn mir vorgestellt hat. Ich hätte es begreifen müssen. Aber er hat in keinem Moment das Bedürfnis empfunden, sich für diese Zweideutigkeit zu rechtfertigen. Mit gestärktem Selbstbewußtsein durch diesen Makel, den ich an dem so bewundernswerten Ostreich entdeckt habe, und berauscht von der unerwarteten Atmosphäre des Semifinales, wende ich mich auf der Schwelle nach meiner schweigenden Göttin um und rufe sie bei ihrem Vornamen. »Katia?« Überrascht hebt sie den Kopf und sieht mich errötend an. »Tak?« fragt sie schüchtern. Tak ist nicht mein Vorname, sondern bedeutet »Ja«. »Do widzenia.« Sie lächelt. Diese Schüchternheit ... Unsere Beziehung entwickelt sich mit Riesenschritten.

SEMIFINALE

Warte auf einen Schrei in der Nacht

Wenn du dereinst als Rauch verwehst,
Endlich meinem schwarzen Himmel gleich,
Will ich schreien, Geliebte, für dich,
Daß du in meinem Ruhme untergehst.

Jean Lescure, *Der Gärtner des Empedokles*

»Üben! Was soll das? In der Kunst übt man nicht: man findet, oder man findet nicht. Alles Üben muß darin bestehen, sich in den Zustand zu versetzen, in dem die Gnade auftauchen kann. Üben ist der Wartesaal des Talents! Und ihr, worauf wartet ihr?«

Ostreich schnauzt Zeitos an, und Ergo schaut mit einmal sehr demütig drein. Er muß den Fehler begangen haben, sich für einen falschen Ton mit dem Versprechen zu entschuldigen, er werde die Stelle *üben*. Ostreich verabscheut dieses Wort, obwohl er selbst es angeblich Tag und Nacht tut. »Ich übe nie«, sagt er, »denn ich übe ständig. Die beste Vorbereitung auf das Konzert ist absolute Entspannung, damit sich die Energie sammeln kann, um dann zu explodieren. Entspannen, das müßte man üben.«

Er bemerkt mich und kommt zu mir. Ergo setzt sich wieder ans Klavier und »übt« weiter. Was ich höre, überrascht mich: Es ist nicht Chopin, sondern Liszt. Der *Mephistowalzer*, ein gewalttätiges, hitziges, bösartiges Stück. Beunruhigend. Chopin unter Amphetaminen.

»Übt er denn nicht Chopin?«

»Lassen wir ihn«, sagt Ostreich im Hinausgehen.

Was hat es für einen Sinn, Liszt zu üben, um sich auf das Semifinale eines ausschließlich Chopin gewidmeten Wettbewerbs vorzubereiten? Liegt darin irgendein Geheimnis, eine indirekte Methode, die kluge Strategie eines großen Meisters, der sich mit den Korrespondenzen zwischen wichtigen Klavierstücken auskennt? Bereitet Ostreich seinen Schüler auf Chopin vor, indem er ihn Liszt spielen läßt? Ich werde nichts darüber erfahren, denn Ostreich geruht nicht, meine Frage zu beantworten, sondern wechselt das Thema:

»Wie steht's mit Ihrer Journalistin? Wie weit sind Sie? Kommen Sie voran?«

»Wir diskutieren. Sie spricht mit mir.«

»Legen Sie sie flach?«

Immer gleich die großen Worte.

»Nicht wirklich.«

»Was heißt nicht wirklich?«

»Vielleicht bald.«

»Halten Sie sich ran, mein Junge. Der Platz ist umkämpft. Ihnen bleiben nur noch ein paar Tage. Ergreifen Sie die Initiative. Laden Sie sie zum Abendessen ein. Ziehen Sie ein schönes Hemd an. Bringen Sie sie zum Trinken. Das lieben die Frauen. Und dann legen Sie sie flach. Sie hat es dringend nötig. Und Sie auch.«

»Ich übe.«

»Sie üben. Ein Pianist wie Zeitos verbringt seit über einem Jahr zwölf Stunden täglich damit, einen Wettbewerb wie diesen vorzubereiten.«

»Das ist nicht das gleiche.«

»Nein, natürlich nicht. Aber lesen Sie die Zeitung, in *Le Monde* spricht man schon wieder von Ihnen.«

Ostreich scheint um seinen Schützling besorgt zu sein. Es ist nicht der passende Moment, um ihn zu fragen, ob er es normal findet, Richter in eigener Sache zu sein. Zugleich Vorsitzender der Jury und Lehrer eines Kandidaten. Andererseits hat er auch mir ein paar Stunden gegeben. Aber ich bin ja nur auf sein Drängen überhaupt gekommen. Ich lasse ihn reden und denke über das nach, was er über die Journalistin gesagt hat. Er hat recht: Es ist Zeit, zur Tat zu schreiten. Doch zuerst, zu sehen, was man über mich schreibt. *Le Monde* besorgen.

Ich lasse Ostreich stehen. Der nächste Zeitungsladen ist der, in dem ich gegen meinen Willen Sie wissen schon was gekauft habe. Kommt nicht in Frage, ihn noch einmal zu betreten. Genausogut kann ich mich in eine unbekannte Straße stürzen und einen anderen Zeitungshändler suchen. Aber eine leise Stimme, es muß die meines Gewissens sein, verschafft sich Gehör: »Was, wenn ...«, beginnt sie vorsichtig, »was, wenn du genau dorthin gehen und dieses Mädchen treffen würdest, dessen Blick du nicht zu begegnen wagst? Wenn du ihr *Le Monde* abkaufen würdest, wie du es versprochen hast? Wäre das nicht ein echter Akt *freiwilligen Mutes*? Wäre das nicht ein guter Test? Wenn du ihr entgegentreten kannst, wem solltest du dann nicht entgegentreten können? Du wirst strahlen vor Selbstvertrauen, und Frauen lieben strahlende Männer. Die Journalistin wird dir in die Arme sinken.« Das ist nicht dumm. Ich bleibe mitten auf der Straße stehen. Ein kleines Mädchen, vielleicht zwölf, rempelt mich an, es trägt leere Kanister. Warschau ist voll von diesen Kindern, die irgendwo ihre Trinkwasserkanister auffüllen gehen. Also trinkt man in Warschau auch Wasser. Oder ist es nur dazu bestimmt, den Wodka zu verdünnen? Es ist beschlossene Sache, ich werde der Studentin mit den hohen Brüsten und der einschüchternden Brille entgegentreten; aber vorher muß ich mir, damit ich nicht schwach werde, ein wenig Mut antrinken. Ich betrete eine Bar, in der die Stammgäste weder rotgesichtiger noch schnauzbärtiger sind als in Frankreich, und bestelle einen Wodka. Außerdem kaufe ich ein Päckchen Zigaretten, vielleicht um vorbereitet zu sein, falls ich in den Toiletten der Oper wieder einem gescheiterten Pianisten begegne. Ich zünde mir eine Coolness an. Nehme einen tiefen Zug. Huste. Es ist stark und schmerzhaft und gut, es weckt meine Lungen und dopt mein Nervensystem. Ich leere mein Glas Zubrowka auf ex. Inzwischen kenne ich die Unterschiede zwischen Wodkas. Die Kartoffel zum Beispiel schmerzt im Hinterkopf, der Roggen vorn. Ich ziehe noch einmal an meiner Zigarette, lege ein paar Münzen auf den Tresen und gehe. Ich bin wild entschlossen. Ich marschiere mit strammen Schritten, ein eroberndes Lächeln im Mundwinkel neben meiner Kippe, die der Wind ganz schnell aufraucht; sobald ich das fatale Ladenschild erblicke, lassen meine Beine mich im Stich. Nach dem ersten Nikotinkick nimmt mir die Zigarette den Atem und jagt meinen Herzrhythmus nach oben. Vor dem Eingang bleibe ich stehen. Noch ist es Zeit, kehrtzumachen.

Das Mädchen drinnen hat mich entdeckt. Belustigt lächelnd, winkt sie mich herein. Ich gehorche.

Sie ist schon hinter der Theke verschwunden und kramt »etwas« hervor, wie sie sagt, »das Sie interessieren dürfte«. Noch ein Pornoheft. Am besten sage ich gar nichts, schütze Gleichgültigkeit vor. Eigentlich wirkt sie nicht einmal spöttisch, in ihrer Stimme liegt nicht die kleinste Spur von Ironie. Na ja, warum auch? Schließlich ist Sex doch etwas ganz Natürliches. Und sogar gesund. Der große Philosoph Reich kommt mir zu Hilfe: Der sexuell befriedigte Mensch ist gut, sagt er. Aber ich bin nicht sexuell befriedigt. Ich bin sogar ausgesprochen unbefriedigt. Vor lauter Klavierspielen habe ich für nichts mehr Zeit. Ich schiele der Verkäuferin in den Ausschnitt. Sie ist immer noch so fleischig. Ich sehe mich schon zwischen ihren Brüsten damit befaßt, mich in Reichscher Manier um Besserung zu bemühen, da geht Sie auf mich los:

»Wie wäre es, wenn Sie statt eines Heftes mich zum Abendessen einladen? Ich hatte schon lange keine Gelegenheit mehr, Französisch zu sprechen.«

Reich, sei gelobt, der du mein Gebet erhört hast!

»Natürlich«, sage ich mit aller mir möglichen Gelassenheit. »Könnte ich trotzdem *Le Monde* der letzten Tage von Ihnen bekommen?«

Sie wühlt wieder hinter ihrer magischen Theke und legt mir fünf Exemplare hin. Ich platze vor Stolz. Ich habe dieses prachtvolle Mädchen zum Essen eingeladen. Trotz des Pornoheftes. Oder vielleicht gerade deswegen. Sie hat mich dazu eingeladen, sie zum Essen einzuladen.

»Sie sind Studentin, nicht wahr?«

Ich riskiere nichts mit dieser Frage. Sie ist um die Dreißig und wird im schlimmsten Fall geschmeichelt sein, weil ich sie für jünger halte.

»Ja«, antwortet sie. »Nuklearphysik. Ich mache gerade meinen Doktor.«

Ich werde mit der Tochter von Einstein und Marilyn Monroe zu Abend essen, oder besser von Jayne Mansfield, Hirn *und* Brüste. Wir werden gleichzeitig diskutieren *und* etwas vorhaben können. Das Pornoheft hat sie nicht abgeschreckt, das ist ein gutes Zeichen; sicher erwartet sie sogar eine gewisse Aggressivität. Vermutlich begegnet man in den Labors der Nuklearphysik nicht so vielen brünstigen Männchen.

Ich wage noch einen zusätzlichen Test:

»Kennen Sie die Theorien von Reich?«

»Ich habe alles von ihm gelesen«, antwortet sie augenzwinkernd.

Sie beugt sich über die Theke, legt mir die Hand auf die Schulter und zieht mich zu sich heran.

»Bis heute abend«, sagt sie. »Um wieviel Uhr sind Sie fertig mit Chopin?«

»Um zehn. Aber ich kann früher gehen.«

»Nein, nein, ändern Sie nichts für mich. Ich hole Sie am Ausgang der Oper ab, heute abend um zehn. Do widzenia. Ach ja, falls es Sie interessiert, ich heiße Svetlana.«

Auf der Straße überwältigt mich die Freude, der Stolz des Eroberers. Indem ich Svetlanas Blick ausgehalten habe, habe ich soeben, entgegen der Prophezeiung Ostreichs, der mir jeden Mut abspricht, meinen ersten Akt des Widerstands vollbracht.

Ich schlage eine Ausgabe von *Le Monde* auf und suche den Kulturteil. Ich stoße auf einen mit A.K. unterschriebenen Artikel, der über die Leistung von Ergo Zeitos berichtet, dem einzigen französischen Repräsentanten, so heißt es dort, der mit den Besten wetteifern kann. »Der Luftgeist hat Wort gehalten, und mit welchem Erfolg, welcher Begeisterung! Es ist leichter zu schildern, wie er aufgenommen wurde, welche Leidenschaften er entfesselt hat, als das Mysterium seines Spiels zu beschreiben, zu deuten, zu verbreiten, das auf unserer Erdenregion nicht seinesgleichen hat.« Und blablabla, blablabla. Was für ein lächerlicher Stil. Bei mir hat er keine »Leidenschaft entfesselt«. Allerdings habe ich vermutlich geschlafen, das muß ich zugeben. Der Luftgeist! Was ist das denn für ein Vieh? Eine Zeile am Ende des Artikels beschreibt die Mittelmäßigkeit meines Auftritts:

»Auch der lauwarme Wasserhahn hat wieder zugeschlagen. Er hat so kräftig zugeschlagen, daß er sich die Tür ins Semifinale aufgestoßen hat.«

Verdammter A.K. Aber das hat jetzt keine Bedeutung mehr. Um die Situation zusammenzufassen: Ich bin verliebt in die Reinheit meiner künftigen Frau, eines blonden Engels, der mich zu Hause erwartet, mit dem holden Namen Katia; ich beabsichtige, die schöne und stolze Journalistin zu verführen; und noch heute abend bin ich mit einer Buchhändlerin und Physikerin verabredet, Svetlana, die beherzt zur Sache kommt. Was will ich eigentlich? Die Reinheit einer geheiligten Liebe oder die verschwenderische Fülle sinnlicher Liebschaften? Warum nicht beides? Ich werde von einer Frau zur anderen aufsteigen, beginnend mit der einfachsten, um mir Selbstvertrauen zu geben, und dann stufenweise die Treppe erklimmen, die mich zur absoluten Liebe hinführen wird. Zuerst die Buchhändlerin, dann die Journalistin, und dann die süße Katia, von Halbton zu Halbton nach oben, wie die chromatische Tonleiter.

Um zehn Uhr erwartet Svetlana mich vor der Eingangstreppe zur Oper. Barbie mustert sie von Kopf bis Fuß und zieht ein schiefes Gesicht. Wir verschwinden zu einem einfachen Abendessen in ein kleines Restaurant ohne Touristen, in dem man sie kennt. Dieses Mädchen macht keine Ziereien, ihre Natürlichkeit bezaubert mich. Wir trinken ohne große Umschweife, wie zwei alte Freunde. Als wir das Restaurant verlassen, werde ich von der Schönheit des Himmels ergriffen. Das Nachtblau lädt zu noch mehr Romantik ein.

Svetlana macht als erste den Mund auf:

»Paris ist herrlich, nicht wahr?«

»Paris ...«

Ich werde lyrisch, aber verkehrt herum:

»... stinkt wie eine Klärgrube. Die Luft ist faulig. Der Wind mit giftigen Ausdünstungen beladen. Paris ist voller Haß gegen sich selbst. Es ist ein Mann, der seine eigenen Kinder verschlingt. Wenn ich nur den Mut hätte, von dort wegzugehen. Aber man verliert alles in Paris, selbst den Mut zu gehen.«

»Immerhin sind Sie bis hierher gekommen.«

Um uns ist die Nacht noch dichter geworden. Die Straßenlaternen, die nicht kaputt sind, verbreiten ein beunruhigendes Licht. Man hört Gelächter, das Klirren von Flaschen. In der Ferne, auf dem Königsweg, sind schwankende, lärmende Gruppen zu sehen. Svetlana kommt näher.

»Letztes Jahr«, sagt sie, »habe ich in einem Club in der Innenstadt gearbeitet, im *Déjà-vu*, um mein Studium zu finanzieren. Ich war Stripperin. Ich habe aufgehört, weil die Typen ständig versuchten, mich anzugrapschen, und irgendwann schafften sie es immer. Also bin ich zu den Büchern zurückgekehrt, das bringt weniger ein, aber die Perversen trauen sich nicht, mich anzufassen, sie kaufen mir nur Zeitschriften ab.«

»Ich bin nicht pervers.«

»Ich meinte auch nicht Sie. Man sieht sofort, daß Sie das nicht jeden Tag machen.«

»Ach ja? Und woran sehen Sie das?«

»Sie wirkten viel zu locker. Angestrengt locker. Wie jetzt. Beeindruckt?«

Da ich nicht antworte, schiebt sie mir die Hand zwischen die Beine und hängt sich an meinen Mund. Sie hat wulstige, warme Lippen und eine magische Hand, die meine Kleidung zu durchdringen scheint bis auf die Haut, um mein Glied mit ihrer Wärme zu umfangen. Plötzlich läßt sie von mir ab.

»Beeindrucke ich Sie so weniger?«

Ich bin reif für eine Vergewaltigung. Wenn die Jahre autoritärer Konditionierung mir nicht einige psychische Barrieren auferlegt hätten, würde ich mich sofort auf sie stürzen. Aber es handelt sich immerhin um eine Forscherin auf dem Weg zum Doktorgrad. Sie nimmt das Gespräch wieder auf:

»Das Problem ist, daß ich mich schrecklich langweile. Es ist einfach nichts los in Warschau.«

»Die Langeweile … das Problem des Okzidents. Zuviel Sicherheit, zuviel Bequemlichkeit. Wir bräuchten etwas Risiko, das würde uns aufwecken!«

Ist es, um mich zum Schweigen zu bringen? Sie preßt ihren Mund erneut auf den meinen, peilt ein halb auf dem Bürgersteig parkendes Auto an und drängt mich auf die Kühlerhaube. Sie küßt mich mit geschlossenen Augen. Sie nestelt an meinem Gürtel herum. Früher oder später wird uns jemand sehen.

»Wie wär's ...«

»Ach, halt den Mund.«

Ich habe sie nicht kommen hören. Nach zwei Wochen Wettbewerb habe ich von den Geräuschen der realen Welt alles vergessen. Sie sind zu dritt. Rasierte Schädel, bis unters Kinn geschlossene Bomberjacken, schwarze Jeans, die in Springerstiefeln enden, eine Straßenlaterne verwandelt ihre Gesichter in Schattenmasken. Svetlana hat sich aufgerichtet. Der Größte der drei geht auf sie zu, spricht sie auf polnisch an, mit der Stimme des geborenen Beutegreifers. Svetlana schüttelt den Kopf und klammert sich an meinen Arm. Ein anderer baut sich hinter mir auf, während der Dritte mich zu beschimpfen scheint. Sein Speichel sprüht mir ins Gesicht. Ich mache Anstalten, den Geldbeutel zu zücken, um die Sache gütlich zu regeln. Ich bin sogar bereit, alles zu geben. Meine Geste läßt sie kalt: Geld scheint ihnen nicht zu genügen. Diese drei Typen stinken nach Tod. Svetlana muß wohl den gleichen Geruch wahrnehmen, denn aus ihren Augen schaut das blanke Entsetzen. Alle Farbe ist ihr aus dem Gesicht gewichen, ihr Mund verzerrt sich in einem stummen Schluchzen. Der Große packt sie an den Haaren und zieht sie grob zu sich heran. Die beiden anderen lachen und versetzen mir leichte Ohrfeigen, die immer kräftiger werden, als wollten sie meine Reaktionsschwelle testen. Ich würde ja etwas sagen, aber was? In ihrer Sprache kann ich nur »Do widzenia«, und »Auf Wiedersehen« zu sagen wird sie wohl kaum in die Flucht schlagen. Sie werden sie vergewaltigen, kein Zweifel. Der Große knetet ihr bereits bösartig die Brüste, ich deute eine Bewegung hin zu ihr an und hoffe, bei den Typen Mitleid zu wecken, indem ich meine verliebte Solidarität ausdrücke, aber ich bekomme eine etwas kräftigere Ohrfeige versetzt, die mich aus dem Gleichgewicht bringt. Immer noch stumm, begegne ich Svetlanas Blick, das Flehen eines Tieres am Eingang zum Schlachthof. Aber ich kann nichts tun. Das Herz schlägt mir in den Ohren, mir zittern die Beine. Ein Alptraum. Wir müssen abhauen. Lauf, Svetlana. Es gelingt mir nicht, die Worte zu bilden. Geh, Svetlana, hau ab, das ist unsere einzige Chance, lauf! Ich mache eine Kopfbewegung. Ich sehe ihrem Blick an, daß sie nicht versteht. Ihr Gesicht bebt jetzt, Schauer unkontrollierbarer Panik laufen darüber. Es gelingt mir, ihr zuzurufen: »Lauf!« Aber sie rührt sich nicht. Der Große greift in die Tasche. Die beiden anderen beobachten ihn gespannt. Sie haben aufgehört, mir Ohrfeigen zu versetzen. Er zieht ein Messer heraus. Die Klinge blitzt in der Dunkelheit auf wie die Zunge einer stählernen Schlange. Beklemmend langsam nähert er sie Svetlanas Kehle. Autos fahren vorbei, ohne anzuhalten. Der Kerl sagt etwas. Sie rührt sich nicht. Er sagt das gleiche noch einmal lauter, diesmal legt er dabei die Klinge an ihren Hals. Sie beginnt, die Jacke auszuziehen, dann den Pullover. Mit starrem Blick auf das Messer. Beim Büstenhalter angekommen, hört sie auf. Ihre Brust hebt sich stoßweise. Der Typ fährt mit dem Messer unter einen Träger und läßt ihn mit einem kurzen Schnitt abspringen; dann den anderen. Die Umstände schmälern ihre Schönheit nicht. Ich bewundere mit stockendem Atem.

Da bin ich nicht der einzige. Das Messer fährt zwischen

ihren Brüsten entlang, und der Büstenhalter fällt hinter ihr zu Boden. Ihre Brüste werden spitz in der Kälte. Das Messer nähert sich einer Brustwarze, preßt seine Spitze in das empfindliche Fleisch. Svetlana kann einen Schrei nicht unterdrücken. Dieser Schrei löst ihre Kehle: Sie heult wie ein verwundetes Tier. Der Große schlägt sie zweimal ins Gesicht, was sie aber nicht zum Verstummen bringt: Er schlägt sie in den Bauch, dann wieder ins Gesicht. Sie schwankt, brüllt noch heftiger, endlich rennt sie los, wie ich es ihr gesagt habe, direkt auf die Straße, ohne zu schauen.

Ich nutze den Überraschungseffekt ihrer Flucht und spurte hinterher. Ich folge Svetlanas Silhouette, die im sie streifenden Scheinwerferlicht mit ihren entblößten Brüsten aussieht, als käme sie aus einer Striptease-Szene mit spektakulärer Beleuchtung. Sie versucht einen Wagen anzuhalten und wirft sich ihm in den Weg. Die Typen holen uns ein. Das Auto bremst etwas spät, ich höre den Aufprall und das Geräusch ihrer brechenden Knochen. Svetlanas Körper liegt mitten auf der Straße, mehrere Meter vor dem Auto, aus dem niemand ausgestiegen ist. Unsere Verfolger sind plötzlich stehengeblieben, sie zögern, dann verschwinden sie. Als ich begreife, daß das Auto ebenfalls die Flucht ergreifen wird, stürze ich mich darauf und trommele gegen die Scheiben, während es wendet. Es gelingt mir sogar zu schreien: »Ihr Schweine!«, bevor es außer Reichweite ist. Ich kehre zu Svetlana zurück, die sich nicht mehr bewegt. Sie ist nicht tot, aber sie blutet stark. Ihr rechtes Bein ist in der Mitte des Oberschenkels rechtwinklig gebrochen. Ich versuche, ein Auto anzuhalten. Fünf oder sechs fahren vorbei, ohne zu reagieren, dann wird mir plötzlich die Dringlichkeit bewußt, und ich werfe mich ebenfalls vor ein Auto, das rechtzeitig bremst, wobei sein Fahrer mich lautstark beschimpft. Es ist ein junger Kerl mit tiefliegenden Augen, der unter dem Einfluß irgendeiner Substanz stehen muß, denn es dauert eine gewisse Zeit, mehrere Minuten, bis er begreift, worum es geht. Er hat ein Handy. Er ruft die Feuerwehr, bindet das Bein ab, dann läßt er mich in der Nacht stehen, mit meiner Eroberung für einen Abend, die zusammengeschlagen, mit verschwollenem Gesicht am Boden liegt und vor meinen Augen mit dem Tod ringt.

Der Krankenwagen kommt zwei Stunden später.

Nun irre ich in einem baufälligen Krankenhaus umher, das besser darauf eingerichtet zu sein scheint, den Tod zu beschleunigen, als das Leben zu erhalten. In den grünlichen Fluren stinkt es nach Äther, die Neonröhren an der Decke knistern, und ich warte darauf, daß man mir nach einer vierstündigen Operation endlich gestattet, sie zu besuchen. Man wartet auf ihr Erwachen. Ihr Bein hat einem Abriß standgehalten, die Amputation konnte vermieden werden, aber die Ruhigstellung wird langwierig und die Operationen werden zahlreich sein. Aus ihrem prachtvollen Körper habe ich einen Haufen leidenden Fleisches gemacht. Eine Krankenschwester mit hartem Gesicht winkt mich herbei. Ich habe gerade eine neue Zigarette angezündet, wie ein Ehemann, der auf die Geburt seines Kindes wartet, und zertrete sie auf dem Boden. Sie ist aufgewacht. Ich kann sie für ein paar Minuten sehen. Ich hole tief Luft, aber der Äther verleiht mir keine besondere Kraft. Ich stehe in ihrem Zimmer. Sie liegt nackt auf einem Bett ohne Leintuch oder Decke. Sie ist an mehreren Körperstellen verkabelt. Ihr von Binden bedecktes Gesicht läßt zwischen zwei flüchtig aufgelegten Stücken

Verbandmull die Schwellung erkennen. Ein Schlauch kommt aus jedem Nasenloch. In der Unterarmvene steckt eine Infusion. Sie hat die Augen geöffnet, ich begegne ihrem Blick, der schwarz ist vor Schmerz und Haß. Ich bin der Ohnmacht nahe und muß aus dem Zimmer gehen. Ich rauche eine Zigarette. Als ich mich gefaßt habe, gehe ich wieder hinein, aber sie hat die Augen geschlossen, woraus ich nur meine endgültige Entlassung schließen kann. Aus dem eingegipsten Bein ragen Metallstücke.

Ich nehme ein Taxi zurück zur Pension. Im Wohnzimmer ist Ergo vor dem Fernseher eingeschlafen, der jetzt, um sechs Uhr morgens, noch die besten Momente der Ausscheidungswettkämpfe sendet. Ich wecke ihn und helfe ihm in sein Zimmer hinauf. Er wirkt, als sei er stockbetrunken, ich muß ihn auf sein Bett legen. Endlich bin ich in meinem Zimmer.

Zakhors Buch erwartet mich auf dem Sekretär, neben der geäderten Lampe. Ich habe keine Lust zu lesen. Ich öffne die halbleere Wodkaflasche, spucke mehrere Minuten lang hinein, um den Alkohol mit meinem Speichel zu verdünnen, dann trinke ich aus der Flasche. Auf mein Bett gefläzt, die Flasche zwischen den Beinen, rauche ich das ganze Päckchen Zigaretten. Während ich rauche, trinke ich. Um das Brennen der Zigaretten in meiner Kehle zu lindern. Und während ich trinke, rauche ich, um die Nässe des Alkohols in meiner Kehle zu trocknen. Als ich fertiggeraucht und -getrunken habe, strecke ich mich endgültig auf dem Bett aus, vollständig angekleidet. Ich muß wohl das Fenster aufgemacht haben, denn ein eisiger Wind fährt mir bis in die Knochen. Ich lasse mich von der beißenden Kälte durchdringen, und Auge in Auge mit meiner Schande versuche ich zu weinen. Aber es gelingt mir nicht, meine Kehle ist ein lebender Knoten, in dem der Tod zittert, ich meine, ich bin absolut überzeugt davon, daß ich nicht einmal die Erleichterung durch Tränen verdient habe.

Die Sonne scheint, ich habe nur eine Stunde geschlafen. Ich bin viel zu spät dran und ziehe mich fertig an, während ich schon die Straße entlangrenne. Ich denke wieder an meine Feigheit vom Vortag. Als ich die Bühne betrete, koche ich vor Wut. Die Tastatur kriegt es ab. Mein Semifinale ist leidenschaftlich. Etwas konfus, aber voller Gewalt und Bitterkeit. Ich sehe mir dabei zu, es ist nicht mein gewohnter Stil. Es ist entschlossener.

Ich bin rechtzeitig zum Mittagessen zu Hause.

»Katia?«

Katia wendet den Kopf. Sie kniet mit Schürze und Kopftuch in der Küche und wischt den Boden, während auf dem Herd ein Topf Ragout köchelt. Der Duft nach Kohl und gekochtem Fleisch schwebt im Haus. Katia errötet und senkt die Augen, dann erhebt sie sich rasch. Ich mache ihr mit Zeichen und mit den wenigen Wörtern, die mir Svetlana am Vorabend beigebracht hat, verständlich, daß ich sie gleich heute abend zum Essen einlade. Ich bin nicht imstande, den vor mir liegenden Abend voller Gewissensbisse allein durchzustehen. Statt dessen packe ich lieber den Stier bei den Hörnern. Während ich mit der Sprachbarriere kämpfe und Katia übrigens ganz reizend über meine kuriosen Anstrengungen zu lachen beginnt, taucht Ergo Zeitos hinter mir auf.

Sie sieht ihm in die Augen und sagt etwas. Es herrscht einen Moment Schweigen, dann übersetzt Ergo:

»Sie kann heute abend nicht mit Ihnen essen gehen. Sie muß arbeiten.«

Ich hatte es zu eilig. Mädchen dieser Art entführt man nicht so schnell, man schlägt ihnen keinen finsteren Hinterhalt vor, in dem sie beinahe sicher mit der Verhöhnung ihrer Ehre rechnen müssen. Nein, man reißt sie nicht aus wie Unkraut, man hegt und pflegt sie geduldig und wartet, bis sie sich pflücken lassen. Ich bin ein Rüpel, die Frucht ist noch zu grün, ich bin der Jahreszeit voraus. Ergo lächelt mich an. Ich könnte ihn schlagen. Aber ich will nicht riskieren, der Grund für sein Ausscheiden zu werden: ein verstauchter Finger, ein gezerrter Muskel, und er ist erledigt: Die große internationale Hoffnung verschwindet in der Versenkung.

»Ich bin heute nachmittag um 16 Uhr 30 dran. Kommen Sie zuhören?«

»Wenn ich Ihnen damit einen Gefallen tue.«

»Es beruhigt mich. Ich mag es, wenn ich weiß, daß ich einen Freund im Saal habe.«

»Sie haben Ostreich.«

»Er ist kein Freund. Er ist mein Lehrer, aber er flößt mir Angst ein. Und er sitzt in der Jury.«

»Stört Sie das nicht? Befürchten Sie nicht, daß er Sie bevorzugt?«

Schweigen. Dann:

»Denken Sie das denn auch?«

»Aber nein, ich habe nur aus Neugier gefragt. Jeder Mensch weiß, daß es nichts Objektiveres gibt als einen Klavierwettbewerb.«

»Wissen Sie, wenn es nur nach mir ginge, wäre ich gar nicht hier.«

»Geht es denn nicht nur nach Ihnen?«

Er antwortet nicht. Er geht in sein Zimmer hinauf. Wenig später kommt er mit finsterer Miene wieder herunter, in seinen schwarzen Mantel gehüllt, die Hände in ihren wollenen Schatullen. Wortlos verläßt er das Haus und schlägt die Tür hinter sich zu. Was ist denn nun schon wieder, habe ich etwas Falsches gesagt?

Ich begebe mich zum Wettbewerb, lange nachdem Zeitos an der Reihe war. Vor der Oper glaube ich Zakhors Gestalt zu erkennen.

Drinnen, das Semifinale. Immer noch der gleiche Moderator, Herr Loyal in flammendrotem Jackett; nach einigen Höflichkeiten Richtung Jury, in der Ostreich fehlt, kündigt er den nächsten Kandidaten an: »Hiroko Takeshi«. Ein Japaner betritt die Bühne, eine runde schwarze Brille macht zwei Totenkopflöcher aus seinen Augen. Er ist blind. Ein schüchternes junges Mädchen führt ihn. Er ist groß und hält sich gebeugt, ein erstarrtes Lächeln auf den Lippen. Er stößt sich die Knie am Klavierhocker, immer noch lächelnd. Zum Applaus, der ihn mit mitleidiger Wärme empfängt, verbeugt er sich mehrmals, indem er den Rücken im rechten Winkel zu den Beinen abknickt. Um ein Haar stößt er sich dabei den Schädel an der Ecke des Klavierhockers. Das junge Mädchen hilft ihm, sich zu setzen, und zieht sich dann zurück. Er bewegt die Finger über die Klaviatur, ohne sie zu berühren, um ihre Ausmaße zu fühlen. Etwas stimmt nicht, er tastet an der Seite des Klavierhockers, findet den Drehknopf und will alleine die Höhe seines Sitzes verstellen. Zuerst vertut er sich und dreht in die falsche Richtung. Als er es bemerkt, wiederholt er den Vorgang in der anderen Richtung. Niemand hat daran gedacht, ihm seinen Hocker einzustellen. Und niemand macht Anstalten, ihm zu helfen. Er tappt in seiner Dunkelheit herum, ganz allein vor dreitausend Augenpaaren, die beobachten, wie seine Hand in pathetischer Stille verzweifelt den Drehknopf eines Klavierhockers hin und her bewegt. Plötzlich stößt er einen leisen Schrei aus. Er führt die Hand an den Mund und nimmt den Zeigefinger zwischen die Lippen. Er krümmt sich vor Schmerz. Erstes Flüstern kommt auf, als man begreift, daß er sich den Finger eingeklemmt hat. Das junge Mädchen kommt auf die Bühne, spricht mit ihm und verschwindet wieder. Eine Japanerin in den Fünfzigern, in fuchsiarotem Kostüm, kommt aus den Kulissen und untersucht seine Hand. Loyal eilt ebenfalls herbei und erkundigt sich nach der Situation. Das Grüppchen berät, dann erhebt sich der blinde Pianist grußlos und läßt sich von dem schüchternen jungen Mädchen und der fuchsiaroten Japanerin von der Bühne führen. Loyal tritt ans Mikro, das pfeift, und erklärt, der Kandidat Hiroko Takeshi sei aufgrund seiner Verletzung nicht in der Lage, seine Stücke darzubieten. Der magere Applaus klingt wenig überzeugend, es ertönen enttäuschte Ohs und vereinzelt Gelächter. Das Mißgeschick dieses Unglücksraben, der die Heldentat vollbracht hat, sich bis ins Semifinale emporzuarbeiten und, wie es heißt, gute Chancen hatte, ins Finale zu kommen, grenzt an eine Tragikomödie. Die Verblüffung des Publikums weicht bald der Gleichgültigkeit. Es ist schon spät, Takeshi muß der letzte Kandidat für heute gewesen sein, und die Menge zerstreut sich in kleinen Gruppen, die den Vorfall genüßlich kommentieren.

Ohne anzuklopfen, betrete ich Ostreichs Garderobe.

»Pietr! Sind Sie da?«

Er ist da. Er sitzt mit dem Rücken zur Tür. Sein Kopf fällt von einer Seite zur anderen. Er antwortet nicht und führt, ohne sich auch nur nach mir umzuwenden, die beschlagene Wodkaflasche an den Mund. Er nimmt einen langen Schluck, wischt sich mit dem Ärmel über die Lippen und rülpst. Er spricht, zum Boden gewandt, und beugt sich dabei vor. Es dauert einen Moment, bis ich begreife, daß er mit jemandem spricht, oder vielmehr mit einer Jemandin, die sich vor ihm kniend bemüht, ihm das Leben zu versüßen. Er steht auf und versucht sich mit einer Hand anzuziehen, da er die Flasche nicht loslassen will; mit der Hose auf den Oberschenkeln, schwankt er wie ein Pinguin. Das Mädchen, jetzt auf allen vieren, scheint etwas zu suchen, sie ist ebenfalls betrunken und unter ihrer Haarmähne kaum zu sehen. Sie stützt sich an der Wand ab, um aufzustehen. Ihre Brüste quellen hervor, schwere Brüste, deren Warzenhöfe von bläulichen Adern durchzogen sind. An die Wand gelehnt, eine Hand wie zur Kühlung auf der Stirn, ringt sie um Haltung und schiebt sich fieberhaft die Träger ihres Kleides auf die Schultern, von wo sie sofort wieder herunterrutschen, um erneut die beiden üppigen Fleischkugeln freizugeben. Schließlich schafft sie es doch, sich anzuziehen, und fährt sich mit der Hand durchs Haar, um die Frisur zu ordnen. Ihr Lippenstift ist verschmiert. Sie greift nach ihrer schwarzen Plastikhandtasche und geht an mir vorbei, ohne mich eines Blickes zu würdigen, das Kinn stolz emporgereckt. Ich erkenne die Bewunderin, die uns am ersten Tag in der Nähe der Oper angesprochen hat.

»Die moderne Welt ist großartig. Man kann zufrieden sein, daß man gewartet hat mit dem Geborenwerden.«

Während Ostreich redet, kleidet er sich an.

»Und Ihre Journalistin? Immer noch so frigide? Was für ein Jammer! Sich einen so schönen Hintern entgehen zu lassen. Finden Sie mich vulgär? Ich bin wie Käse. Er riecht streng, aber wenigstens riecht er *nach etwas*. Nicht wie die faden Betrachtungen eines moralisierenden Schwätzers wie Ihnen.«

Was erzählt er da? Der Wodka spricht an seiner Stelle. Ich weiß, wie trinkfest er ist, und wage mir nicht einmal vorzustellen, wie viel er intus haben muß, um in diesen Zustand geraten zu sein.

»Flaubert ging zu den Nutten, Musset ging zu den Nutten, Zola, Balzac, Stendhal gingen zu den Nutten, zu den kleinen Mädchen und den kleinen Jungs, und zu deren Müttern, und zur ganzen Familie, bis auf die Väter, die ihnen bei dem fröhlichen Treiben behilflich waren. Diese Typen schrieben doch nur, um ihrem Schwanz eine Pause zu gönnen. Meine Sicht der Literatur? Gefällt sie Ihnen nicht? Zu den Nutten zu gehen, das ist das wahre Ziel eines jeden Künstlers. Blicken Sie tief in Ihr Herz. Warum spielen Sie? Um zu verführen, um Frauen ins Bett zu bekommen. Klavier spielen heißt baggern en gros, so wie in der industriellen Fischerei: ein Treibnetz, das Tonnen von Kabeljau einbringt. Sehen Sie mich nicht so an, ich weiß, wie das ist, warum, glauben Sie, habe ich so viele Konzerte gegeben? Na, kommen Sie mit? Wir gehen zu den Mädchen. Die Nutten sind phantastische Musen, und der Alkohol, den sie Ihnen zu trinken geben, wird Ihre Urteilskraft nicht beeinträchtigen: Er geht direkt in den Samen über, den Ihnen abzuzapfen sie nicht versäumen werden.«

Ich bin einverstanden. Warum eigentlich nicht? Allein würde ich niemals den Mut aufbringen, das ist die Gelegenheit, mir ein Herz zu fassen. Vielleicht erwacht mein Interesse wieder, das wird mich von meinen düsteren Gedanken ablenken. Ich sehe das nackt daliegende Mädchen wieder vor mir, gefangen in Schienen und Schläuchen. Ich bin ein Ungeheuer. In Wahrheit habe ich sie nicht verteidigt, weil ich Angst um meine Finger hatte: Eine Verletzung, und meine Karriere am Klavier wäre vorbei. Keinerlei Mitgefühl. Doch, ich habe Gewissensbisse, das ist der Beweis. Ich bin menschlich, mehr noch, ich bin so menschlich, daß ich der Schwäche meiner Natur selben Namens erliege. Er parkt den Wagen in einem dunklen Gäßchen. Nachdem er ein verabredetes Signal an die Tür eines ältlichen Gebäudes geklopft hat, über der eine rote Laterne hängt, treten wir ein.

Die Rentnerin, die uns öffnet, führt uns durch einen Gang voller Kerzenhalter und Goldverzierungen, mit roten Wandbespannungen, ganz wie in einem Bordell des 19. Jahrhunderts. Man könnte jeden Moment Musset, Balzac oder Zola begegnen. Ein Geruch nach gewachstem Holz und Zigarre. Wir warten in Louis-Quinze-Sesseln, wie mir scheint. Wir betrachten in aller Ruhe die erotischen Stiche. Ostreich mustert mich:

»Sie waren noch nie, stimmt's?«

»Was?«

»Sie waren noch nie. Vielleicht ist es das, was Ihnen fehlt, um die Gefühle wiederzufinden. Eine gute Entleerung, und hopp, an die Arbeit!«

Wie kann er nur so reden? Er, der feinfühlige Musiker? Schließlich ist meine Geduld am Ende. Das Vorzimmer eines Bordells ist sicher nicht der beste Ort, sich über eine sprachliche Entgleisung zu empören, aber trotzdem. Immerhin sind wir unter *gentlemen*. Die Alte taucht wieder auf. Sie sagt etwas auf polnisch. Ostreich antwortet ihr und weist mit dem Kinn auf mich. Sie lacht und entblößt dabei scheußliche Zahnstummel.

»Was haben Sie zu ihr gesagt?«

»Sie hat gefragt, wer als erster will, es ist gerade ein Platz freigeworden. Ich habe gesagt, Sie, weil Sie noch jungfräulich sind.«

»Aber ich …«

»Ich weiß, ich weiß. Es war ja nur ein Scherz. Also, was ist, entschließen Sie sich?«

»Nein, gehen Sie zuerst, ich warte auf die nächste.«

Ostreich steht seufzend auf, spricht mit der Alten, die mir einen spöttischen Seitenblick zuwirft. Er sagt mit einer Art verächtlichem Mitgefühl:

»Entspannen Sie sich, mein Junge. Niemand schaut Ihnen zu.«

Und dieses Mädchen mir gegenüber an der Wand mit den gespreizten Schenkeln, dessen Geschlecht mich beobachtet? Gut zwanzig Minuten vergehen. Das Mädchen starrt mich immer noch an. Ich höre gedämpfte Schritte, die Alte kommt mich holen. Verlangen, mit Angst gemischt, schnürt mir den Bauch zusammen. Was, wenn ich mich weigern würde, ihr zu folgen? Niemand sieht mich, was macht es also schon? Sie steigt vor mir eine mit einem roten Teppich ausgelegte, knarrende Holztreppe hinauf, dann klopft sie im ersten Stock an eine Tür, die sich bald einen Spalt öffnet, und schiebt mich glucksend hindurch.

Drinnen herrscht Byzanz. Puffs, Gold, Torsosäulen an den vier Ecken eines Himmelbetts, Jade-Elefanten, rötliche Kristalleuchter, und dort, auf einem Sofa mit golden und königsblau verzierten Kissen thronend, raucht Ostreich eine Wasserpfeife, ein als Scheherazade kostümiertes Wesen knetet ihm die nackten Füße, eine andere massiert ihm die Schultern. Eine dritte ist mit dem Rücken zu mir über ihn gebeugt, ich sehe nur ihr langes blondes Haar, das im Rhythmus der oralen Liebkosung, die sie ihm angedeihen läßt – wirkungsvoll, nach seinem verzückten Lächeln zu urteilen –, Lichtblitze aussendet. Er grinst, als er mich bemerkt.

»Ah! Ich sehe, Sie haben uns gefunden. Ich habe eine nette Überraschung für Sie. Bekanntschaft.«

Er tätschelt die Schulter des Mädchens, das ihn andächtig schlürft. Sie wendet den Kopf, das herrlich schwingende Haar verbirgt Mund und Augen noch einen Moment. Dann begegne ich ihrem Blick. Sie wirkt nicht überrascht, mich hier zu sehen, ihr völlig unbefangenes Lächeln läßt mir das Blut in den Adern gerinnen. Alle Erregung ist verschwunden. Mit offenem Mund, hängenden Armen, unfähig zur geringsten Bewegung, stehe ich stumm und völlig schlaff da, ich habe einen Schleier vor den Augen, sie schauen, ohne zu sehen, meine Liebe an, meine Reine, meine Muse, meine Frau Katia, deren Lippen vom Speichel glänzen, wie sie neben meinem Freund steht, den sie mit einer Hand fest umfangen hält, während sie mir mit der anderen zuwinkt.

»Nun kommen Sie schon!«, ruft Ostreich. »Was sind Sie zimperlich! Nutzen Sie die Gelegenheit, Sie träumen doch schon seit zwei Wochen davon.«

Die süße Katia steht auf, wischt sich mit dem Handrücken über den Mund und kommt auf mich zu, nackt. Soviel ich auch suche, ich finde nicht das kleinste Zeichen von Verlegenheit an ihr. Ich erinnere mich, wie sie noch heute morgen meine Einladung zum Abendessen abgelehnt hat. Sie muß arbeiten. Sie nimmt mich an der Hand und führt mich ins Nebenzimmer. Ich kann ihr nichts sagen, ich spreche ihre Sprache nicht. Also sage ich nichts und folge ihr.

FINALE

Unter uns soll es einmal ganz offen ausgesprochen sein, und trotzdem werden wir in der Öffentlichkeit nie darüber reden.

Himmler, 4. Oktober 1943

Selbst wenn ein Volk erlischt und Menschen schweigen,
dann werden die Steine reden.

Hitler, *Die kulturelle Aufgabe unserer Rasse*, 1933

»Zeitos war schlecht, nicht wahr?«

»Ich weiß nicht, ich habe ihn nicht gehört.«

»Wie, Sie haben Ihrem Freund gestern nicht beigestanden?«

»Er ist nicht mein Freund.«

Zehn Uhr morgens und ein ausgewachsener Kater, auf den diese Journalistin bereits einschlägt wie ein Klöppel auf die Glocke. In der Eingangshalle der Oper ist Erregung zu spüren, beinahe ebenso konkret wie meine Kopfschmerzen. Jemand hat mir eine Flasche über den Kopf gehauen, direkt hinter den Ohren. Kartoffelwodka, ich hätte es wissen müssen. Die Menschenmenge in diesem Saal dröhnt wie ein Sturm, bringt den schmalen Nachen meines Trommelfells zum Kentern, ihre aufbrandende Konversation facht meine Seekrankheit wieder an. Wer nach Polen reist, sollte seefest sein. Erregte Stimmen wehen mir mitten ins Gesicht.

»Worauf warten wir?«

»Auf die Ergebnisse.«

»Wovon?«

»Sie scherzen. Vom Semifinale. Zeitos wird nicht ins Finale kommen, gestern war er schlecht. Ich habe ihn bei Chopin selten so wenig überzeugend erlebt.«

»Kein Wunder, im Moment übt er Liszt.«

»Sie sind sehr witzig.«

»Das wäre allerdings das erste Mal.«

Sie lächelt. Endlich lächelt sie. Also ist noch nicht alles verloren. Ein Erschauern wie vor dem Aufwallen des Meeres bringt uns zum Thema zurück. Die Pssst! Pssst! zischen wie Schaum auf den Menschenwogen um uns her. Der Ansager erscheint auf der obersten Stufe. Seltsamerweise hat er kein Blatt in der Hand, keine Liste, nichts. Nur eine betretene Miene und ein Lächeln wie für einen traurigen Anlaß. Er sagt etwas auf polnisch, das mit einer Salve von Ohs aufgenommen wird. Da ich weder gehört noch verstanden habe, übersetzt Barbie für mich. Die Ergebnisse werden nicht vor dem späten Nachmittag verkündet, aufgrund des bedauerlichen Zwischenfalls, von dem wir ja wissen. Wir wissen nichts. Wir müssen Erkundigungen einholen.

Am frühen Morgen ist der Leichnam des blinden jungen Japaners auf der Terrasse seines Hotels gefunden worden, er lag mit aufgeschlitztem Bauch im Schnee. Er hat wohl die Niederlage oder die öffentliche Demütigung nicht ertragen. Japan ist ein seltsames Land, es produziert Kimonos, Säbel, Autos, Zeichentrickfilme und seit kurzem auch Pianisten. Die Produktion von Pianisten bleibt vertraulich, diese Branche befindet sich noch im experimentellen Stadium, auch wenn die kulturelle Investition Merkmale des Strebens nach horizontaler Entwicklung des Wirtschaftslebens trägt. Der »Null-Fehler«-Mythos, der Japans Erfolg in der Automobilbranche begründet hat, zieht, auch unter Berücksichtigung der kultu rellen Unterschiede und der klimatischen Variationen, eine erhöhte Selbstmordrate nach sich. Kein Krieg ohne Verluste. Der Soldat Takeshi, gefallen am Klavier, ist soeben in Buddhas himmlischen Ruhm eingegangen, weil ihm der des Chopin-Wettbewerbs von Warschau niemals zuteil werden wird.

Nach mehrstündiger Stille drängt die Menge erneut in die Halle, wo die Liste der zwölf Finalisten verlesen werden soll. Am späten Vormittag bin ich mit Ostreich etwas trinken gegangen, und er hat meine Besorgnis um Zeitos' Schicksal mit einem einfachen Argument entkräftet.

»Er war nicht gut, so scheint es.«

»Was soll's, wenn man der Beste ist, hat man es nicht nötig, gut zu sein.«

Was ich exklusiv an die Journalistin weitergegeben habe, in der Hoffnung auf einen künftigen Kuß als Belohnung für den Scoop. Diese unverbesserliche Schnüfflerin ist stehenden Fußes losmarschiert, um Ostreich mit Fragen zu bestürmen.

»Sie haben es ihr erzählt«, wirft er mir vor. »Sie sind geschwätziger als eine Elster.«

Unsere Unterhaltung wird belauscht, die Ohren recken uns ihre Mikros entgegen. Ich antworte leise:

»Ich dachte, Sie müßten ein unparteiisches Urteil abgeben.«

Er zischt zwischen den Zähnen:

»Urteil! Urteil! Schauen Sie sie doch an, wie sie in Trauben gekommen sind, um ihr Urteil abzugeben und »Skandal!« zu schreien, wenn die Entscheidung der Jury zufällig nicht mit ihrem unfehlbaren *Urteil* übereinstimmen sollte! Es ist noch keine Stunde her, da ging Ihre Journalistin mir auf die Nerven mit: ›Das ist skandalös, Maestro! Sie begunstigen Ihren Schützling!‹ Wo liegt der Skandal? Wenn er mein Schützling ist, ist er zwangsläufig der Beste, oder? In einer Zeit, in der zwei Drittel des Planeten vor Hunger krepieren, weil sie für euch arbeiten, solltet ihr euch eure Fähigkeit zur Empörung für Dinge aufheben, die es wert sind!«

Er läßt den Blick durch die Halle schweifen.

»Hören Sie diese alten Schachteln? Sehen Sie diese alten Knacker? Und diese jungen Werther-Repliken, diese Halbwüchsigen mit den dramatischen Mienen, die ernst das Haupt wiegen, um ihre *Zustimmung* oder ihre *extremen Vorbehalte* gegenüber der Interpretation eines Kandidaten zu äußern … Nicht einmal Kants Eier waren so kantisch! Wo bleibt das Vergnügen? Wo bleibt die sprachlose Ekstase, von der sie pausenlos reden? Das da ist schön! Das ist schön, nicht wahr? Alle reden sie, statt zuzuhören, sie wollen nur demonstrieren, wie vorzüglich ihr Urteil ist, sie suchen bei ihrem Nachbarn eine Bestätigung für die Richtigkeit ihres Geschmacks. Das ist der wahre Sieg der Deutschen, das ist es, was sie aus unserer Musik gemacht haben: ein *Tribunal*! Die Iren und die Neger, die Zigeuner und die Araber sind lebendiger als wir. Sie hören ihre Musik noch im Stehen an, und sie tanzen! Wir hören sitzend, inzwischen schon liegend, bald werden wir tot sein. Unsere Musik ist unser Requiem. Wir sind wie jene Greise, die Messen vergleichen und darauf warten, daß sie die richtige finden, um endlich sterben zu können. Sehen Sie sich das doch an: fünfzehn Kandidaten pro Tag, die sich die Tasten in die Hand geben, einer nach dem anderen, und vor unseren Augen treiben sie es mit derselben Frau, damit wir ihr Talent ermessen können. Das sind keine Pianisten, das sind Gladiatoren. Handelsvertreter. Chopinambure! Darum habe ich selbst mich schon im voraus für den Sieger des Wettbewerbs entschieden. Und ich scheiße auf das Publikum.«

Diese letzte Tirade hat er geradezu hervorgestoßen. Bohrende Blicke richten sich auf uns. Die Ergebnisse sind bekanntgegeben worden. Ergo Zeitos gehört zu den Finalisten.

Einige haben applaudiert, andere gepfiffen. Alle sprechen von der Mittelmäßigkeit seines Semifinales und erwähnen seine Verbindung zu Ostreich. Daneben ist meine Qualifizierung völlig unbeachtet geblieben. Die Polemik drängt mich in einen Halbschatten, der mir sehr angenehm ist. Ich bin noch nie in einem Wettbewerb so weit gekommen. Die Anonymität beginnt mir Erfolg zu bringen. Ostreich, das habe ich ziemlich schnell bemerkt, hat getrunken. Er runzelt die Stirn, schiebt das Kinn vor und sieht niemanden. Er schwitzt stark. Verstimmt verschwindet er wieder in den Kulissen, während das Stimmengewirr anschwillt. Es fallen Wörter wie »Skandal«, »Schaukampf«, »abgekartetes Spiel«, »Günstling«. Andere verteidigen den unglücklichen Zeitos, von dem ich mir vorstelle, er sitzt in seinem Zimmer oder vor dem Fernseher der Pension und ringt mit dem bitteren Beigeschmack seiner Qualifizierung. Vielleicht sitzt er auch schon wieder am Flügel. Vielleicht hat er überhaupt nichts mitbekommen und schreibt die Qualifizierung seinem Talent zu, das er ja unbestreitbar hat. Ich spüre einen Blick auf mir lasten. Ich sehe Zakhors strengen Schatten. Er schaut mich an. Die Menge schiebt mich auf seine Höhe. Ich weiß nicht, was ich sagen soll, mir fällt nichts Originelleres ein als:

»Zeitos ist durchgekommen.«

Er lächelt. Durch die Grimasse werden seine spitzen Zähne sichtbar. Seine Stimme krächzt heiser. Er spricht hochst geheimnisvolle Worte:

»Glückwunsch. Irgendwann schlägt für jeden die Stunde. Aber man bekommt niemals das, was man verdient.«

Sein Blick ist irre, ich ziehe es vor, mich zu entfernen. Die Journalistin fängt mich ab. Sie kommt direkt zur Sache:

»Das ist doch ein Skandal, oder?«

»Was denn?«

»Ich mag Zeitos wirklich, aber das ist doch unverdient.«

»Wenn Sie ihn wirklich mögen, wo liegt dann das Problem?«

»Sie sind zynisch.«

»Solange er nicht gewonnen hat, gibt es auch keinen Skandal.«

»Wenn es in der Tour weitergeht ...«

»Apropos, wie wäre es mit einer kleinen Spritztour im Anschluß an den Wettbewerb? Der Norden Polens soll sehr schön sein.«

»Warum nicht, wenn Sie einen Scoop für mich haben.«

»Ostreichs Vater ist in Auschwitz gestorben.«

»Das ist absolut falsch. Er hat seinen Vater niemals kennengelernt.«

»Das hat er mir aber anders erzählt.«

»Finden Sie den Namen des Gewinners für mich heraus. Und liefern Sie mir den Beweis dafür, daß er von vornherein feststand.«

»Wollen Sie, daß ich ein Geheimnis verrate?«

»Es ist kein Geheimnis mehr. Sie haben es ja gerade gestanden.«

»Sie erwarten, daß ich einen Freund verrate?«

»Er ist kein Freund mehr, wenn er zu einem solchen Geheimnis fähig ist.«

Der Schlagabtausch geht mir zu schnell, ich rede zuviel. Aber nun hat sie schon angebissen, also werde ich sie mir auch angeln.

»Essen wir zusammen zu Abend, vielleicht erzähle ich Ihnen alles, wenn ich betrunken bin.«

»Mir ist zu Ohren gekommen, mit Ihnen zu Abend zu essen kann gefährlich sein.«

Sie weiß von Svetlana. Egal, ich kann ja nichts dafür. Angeln, und dann vernaschen.

»Wie Sie wünschen. Es wäre mir eine Freude gewesen, mir einige Vertraulichkeiten entgleiten zu lassen.«

»Welch ein Jammer. Und mir, Ihnen die Würmer aus der Nase zu ziehen.«

»Welche in Ihrem Fall sehr gelungen ist.«

Sie lächelt erneut. Kleopatra weiß die königliche Anspielung zu schätzen. Ihre Püppchennase ist ganz rosig vor Vergnügen. Sie schaut nach oben, als wolle sie nachdenken, und sagt im Gehen:

»Heute abend, neun Uhr. Bei Ihnen. Ich hole Sie ab. Wir können kurz mit Ergo sprechen.«

Dieses Mädchen ist eine Opportunistin. Sie läßt sich nichts entgehen. Aber ich werde sie mir auch nicht entgehen lassen. Schließlich wird es langsam Zeit. Nach über vierzehn Tagen erfolglosen Angelns ist das möglicherweise meine letzte Chance.

Katia erwartet mich in meinem Zimmer. Sie liegt Kaugummi kauend bäuchlings auf dem Bett und liest. Sie blättert in meinem Pornoheft, dessen verklebte Seiten sie zerreißt, um sie voneinander zu trennen. Ihre Schenkel sind leicht gespreizt, man sieht ein Stückchen rosafarbenen Stoff unter dem Minirock aus Lederimitat.

Ostreich hat eine japanische Kompakt-Stereoanlage mit CD-Spieler gekauft. Er baut sie in Zeitos' Zimmer auf. Um die Kabel anzuschließen, erbitten sie meine Hilfe. Ostreich holt eine CD aus der Tasche und legt sie ein. Ein andauerndes Knistern ist zu hören. Dann beginnt die Musik. Es ist der *Mephistowalzer*. Ich werde wortlos entlassen. Durch die Wände meines Zimmers höre ich die seltsamen, beunruhigenden Klänge dieser besessenen Musik.

Barbie ist eingetroffen. Als ich sie empfange, bedeutet sie mir zu schweigen und erstarrt, gebannt von der Melodie, die durch die Wand dringt. Sie lauscht so aufmerksam, daß sie mir plötzlich von aller Arroganz befreit erscheint. Ihr leicht geöffneter Mund läßt die perlmuttfarbenen Zähne sehen. Ihre Lippen bieten sich meiner Bewunderung dar: ich speichele für sie, sie sind trocken vor Aufregung. Ihre Augen starren auf einen Punkt an der Wand, die uns von Zeitos' Zimmer trennt. Man hört die Musik erstaunlich deutlich, während Ostreichs Kommentare nur ein unverständliches

Brummen ergeben. Als das Stück zu Ende ist, faßt sie sich plötzlich und zieht mich ins Treppenhaus. Sie will weder mit Ergo noch mit Ostreich sprechen. Mit ein paar großen Schritten sind wir auf der Straße. Wortlos hält sie uns ein Taxi an, auf der ganzen Fahrt bis zu einem japanisches Restaurant, teuer und in, bekommt sie die Zähne nicht auseinander. Die Gäste stehen Schlange, aber sie wechselt ein paar Worte mit dem Oberkellner und schiebt ihm wohl einen Schein zu, woraufhin es ihm eine Freude ist, uns an unseren Tisch zu geleiten.

Kaum sitzen wir, da reicht sie mir einen Zeitungsartikel, ausgeschnitten und in einer Plastikhülle. »Ostreich, der Roman eines Lebens«: ein Interview mit ihm, geführt vor rund fünfzehn Jahren. Eine Passage ist mit rosa Textmarker unterlegt.

Frage:

»Über Ihre Herkunft ist wenig bekannt. Man spricht von Deportation und zerstörter Kindheit. Sie wurden 1940 geboren.«

Pietr Ostreich:

»Ich wurde im Jahre 1942 mit meiner gesamten Familie in Josefow, wohin wir geflüchtet waren, erschossen. Ich war zwei Jahre alt. Der Polizist, der für meine Erschießung aus allernächster Nähe, mit dem Gesicht zum Boden, zuständig war, hat mich verfehlt, absichtlich oder nicht, wie will man das wissen. Er muß getrunken haben, man sagt, daß sie alle soffen wie die Löcher, bevor sie uns ins Genick schossen. Diese Kerle waren keine Ungeheuer. Das Gemetzel war ihnen trotz allem zuwider. Die Gaskammern wurden aus Rücksicht auf ihre Empfindsamkeit erfunden. Der Bataillonskommandant hörte mich weinen. Ich zappelte und jammerte wie besessen. Es war sein erstes Massaker. Dieser Mann war ein echter Christ, der nur seinen Befehlen gehorchte. Er sah in mir eine Gelegenheit zur Sühne und holte mich aus dem Massengrab. ›Du wirst nicht sterben‹, soll er unter Tränen gesagt haben, ›ich verspreche es dir.‹ Männer aus seiner Einheit berichten sogar, er habe ›trotz der eisigen Kälte seinen Mantel ausgezogen, um das Kind darin einzuwickeln, dann, zurück in der Kaserne, ließ er Milch erhitzen und Kleider für sein „Kind" schneidern, nachdem er es lange warmgerieben hatte.‹«

Ich lese, völlig verwirrt, während Barbie meine Reaktionen beobachtet.

»Nun, ist sein Vater immer noch in Auschwitz gestorben?«

Ich weiß nicht, was ich antworten soll. Warum sollte Ostreich mich angelogen haben? Warum eher mich als die Journalisten? Diese Geschichte von Josefow ist höchst wunderlich.

»Er hält nichts von Journalisten«, erkläre ich, um mich zu überzeugen.

»Und Sie«, sagt sie. »Sind Sie etwas Besseres als ein Journalist?«

»Sie sind schäbig.«

»Das ist mein Beruf.«

Ich lese den Artikel zu Ende. Alles klingt stimmig. Die Einzelheiten, der Ton. Warum hat Ostreich mich belogen?

Sie reicht mir einen anderen Artikel, ebenfalls in Plastikfolie. Dieses Mädchen ist sehr sorgfältig. Bestimmt ist sie auch im Bett gewissenhaft. Der Artikel rezensiert ein Buch über die großen Pianisten des 20. Jahrhunderts:

»Zu den zerstörten Schicksalen muß man auch das von Pietr Zakhor rechnen, dessen Talent von den Nazis verdorben und dann zerbrochen wurde. Jene, denen es vergönnt war, ihn in den Jahren 40 bis 45 zu hören, kennen die wahre Bedeutung des Wortes ›Genie‹. Eine solche Virtuosität begegnet einem nicht zweimal in einem Jahrhundert. Hitler soll die Deutsche Grammophon mit der Aufnahme des gesamten Liszt durch Zakhor beauftragt haben. Dieses im Frühjahr 1945 eingeleitete Projekt wurde leider nicht mehr ausgeführt. Nur der berühmte *Mephistowalzer* soll aufgenommen worden sein – wie die Legende besagt, in zwei Exemplaren: Eines war dem Führer vorbehalten, das andere soll gestohlen worden sein. Angeblich hat man seine Spur 1953 auf einem Berliner Flohmarkt aufgenommen, dann jedoch wieder verloren.«

Sie sieht mich mit einem listigen Lächeln an. Ihre Katzenaugen fixieren mich.

»Na und?«

»Die CD, die Ostreich Ergo vorgespielt hat, war der *Mephistowalzer*.«

»Ich weiß. Was beweist das schon?«

»Es war die Platte, die Zakhor für Hitler aufgenommen hat.«

»Aber nein, das war eine CD. Mit den Raketen war Hitler seiner Zeit zwar voraus, aber die Compact Disc hatte er noch nicht erfunden.«

»Sie sind naiv. Von einer Langspielplatte eine CD zu brennen dauert keine Stunde.«

Sie hat recht. Zumindest mit der CD. Sicherlich nicht mit der Herkunft oder dem Interpreten.

»Woher wollen Sie denn wissen, daß Zakhor der Pianist ist? Sie haben ihn doch nie gehört.«

»Eben. Vor zwei Jahren habe ich einen Artikel über Liszt geschrieben, ich habe mir alle aufgezeichneten Versionen des *Mephistowalzers* angehört. Außer der, die Ostreich und Ergo sich gerade anhören; die kenne ich nicht. Absolut nicht zu identifizieren. Und die Nebengeräusche, das Knistern. Die Heftigkeit des Spiels. Und die Klangqualität, die Tonaufnahme ist typisch für die Deutsche Grammophon in den vierziger Jahren.«

Ihre Argumente sind stichhaltig. Das Knistern weist auf das Überspielen von einer Langspielplatte hin. Von Tonaufnahmen verstehe ich nichts, aber ich kann ihr vertrauen.

»Und weiter?«

»Das weiß ich auch nicht«, räumt sie ein. »Irgend etwas wird da vorbereitet.«

»Ein Pianist bereitet sich immer vor.«

»Wann sind Sie an der Reihe?«

»Übermorgen.«

»Dann können Sie heute abend spät schlafen gehen.«

Das Gespräch wird persönlicher. Der Oberkellner schenkt mir immer wieder nach. Ich erzähle ihr von Ostreich und seiner seltsamen Art, Zeitos zu bevorzugen. Irgendwann steckt sie mir ein Diktiergerät zu und schlägt mir vor, Ostreich aufzunehmen, wenn er seine Schandtat gesteht. Es ist ein kleiner, sehr praktischer Apparat, der per Stimme angeschaltet wird. Sie gibt mir zu verstehen, daß sie mich in angemessener Weise belohnen wird. Bei der Aussicht, sie in meiner Gewalt zu haben, dreht sich mir der Kopf vom Alkohol, und ich nehme den Schwindel vorweg. Sie muß sich um alles kümmern, denn ich habe einen Blackout. Dann sitze ich in einem Taxi und sage mir in regelmäßigen Abständen, daß ich nicht so viel hätte trinken dürfen. Sie bringt mich nach Hause. Aber ich bin nicht in der Verfassung. Nein, nicht heute abend, das wäre ein Jammer.

Nachdem es ihr gelungen ist, meinen Schlüssel in dem widerspenstigen Schloß zu drehen, stützt sie mich auf der Türschwelle, um mit mir mein Zimmer zu betreten. Ich schrecke auf:

»Hören Sie, ich danke Ihnen für Ihre Beleidigung …«

Ich wollte sagen »Begleitung«.

»Entschuldigen Sie, ich wollte sagen …«

»Nicht schlimm.«

Es ist niemals schlimm.

»Guten Abend«, sagt sie und wendet sich zum Gehen.

»Gute Nacht«, sage ich und schließe die Tür hinter ihr.

Minus fünfundzwanzig Grad. Die Kälte nähert sich ihrer Urvorstellung, dadurch wird sie beinahe abstrakt. Man wagt nicht zu atmen, die Luft stößt winzige Dolche in die Nasenlöcher, in die Kehle, in die Lungen. Man vermißt das Affenfell, das man im Laufe der Evolution irgendwo zurückgelassen hat, in einem trügerischen April. Ich denke an nichts, es ist kalt wie ein über Körper und Dinge ausgebreiteter Schmerz, der Körper selbst ein Ding kurz vor dem Zersplittern, die Erde, an den Stellen, an denen sie noch sichtbar ist, wirkt härter als Marmor, als könne sie Pflüge zerbrechen. Die Finger werden zu Fäustlingen, die Erstarrung klebt sie zusammen. Nicht Handschuhe braucht man heute, sondern Bärentatzen. Oder was zu trinken. Den Wodka trinken, der nicht gefroren ist, im Alkohol baden aus Angst, das Wasser, aus dem der Körper besteht, könne gefrieren und die Statue zerbrechen, wenn sie zu spielen beginnt. Ergo läuft im Wohnzimmer auf und ab. Er schaut die Nachrichten auf dem Lokalsender. Ein Kerl ist erfroren, vor der Tür der Heilig-Kreuz-Kirche, jener Kirche, erklärt mir Ergo, die in einem ihrer Pfeiler das Herz von Frédéric Chopin birgt.

»Begleiten Sie mich?« fragt er.

Er wirkt extrem angespannt. Er ist heute dran mit seinem Finale. Allein vor dem Publikum. Er betritt die Guillotine der Jury. Ich kann ihm diese letzte Bitte nicht abschlagen.

Ich bin erst morgen dran. Aber für mich ist es nicht das gleiche. Meine Beteiligung am Finale ist bereits ein unerwarteter Erfolg.

Vor der Oper angekommen, erkenne ich Zakhor, der nicht weit von der Treppe auf einer Bank sitzt. In seinem schwarzen Umhang wiegt er sich gebeugt hin und her und hält sich die Seiten. Aus seinem Mund steigt ein Rauchfaden, eine Zigarette, die auf rätselhafte Weise dorthin gelangt ist: Wer hat sie ihm zwischen die Lippen gesteckt? Zakhor raucht ohne Hände eine Zigarette ohne Filter, mit der Miene eines Verdammten.

Zeitos fragt mich mit tonloser Stimme:

»Kennen Sie ihn?«

»Kaum.«

»Sie mögen mich nicht. Das spüre ich.«

»Ich habe Ostreich sagen hören, er hätte den Gewinner bereits ausgewählt.«

»Was veranlaßt Sie zu glauben, daß ich es bin?«

»Sagen Sie nicht, es würde Ihnen nicht gefallen. Nur dafür spielen Sie.«

Zeitos lächelt vielsagend.

»Mit zehn Jahren spielte ich bereits bemerkenswert gut Klavier, genaugenommen war ich in allem ausgezeichnet. Aber die Berufung hat mich erst erfaßt, als mein Großvater bei Tisch erzählte, wie die Musik ihn gerettet hat.«

»Kann Musik denn retten?«

»In Auschwitz, am Abend des jüdischen Osterfestes, begann in den Latrinen des Lagers, wo alle ihre Notdurft verrichten mußten wie Tiere, plötzlich eine Stimme zu singen. Zuerst zaghaft, dann fiel eine zweite Stimme ein, dann eine dritte. Und dann alle. Ein Ostergesang in den Latrinen von

Auschwitz. Diese Vorstellung hat mich nie mehr losgelassen. Ich spiele für diese Menschen, die sangen, und für jene, die nicht mehr sangen.«

Das hat mich berührt. Seine Aufrichtigkeit bewegt mich. Aber ich will nicht von ihm bewegt werden. Gesang in den Latrinen von Auschwitz …

»Das beweist, daß es dort auch gute Augenblicke gab.«

Er sieht mich an wie ein Ungeheuer. Ich nehme den Faden wieder auf:

»Wenn Sie so untadelig sind, wie Sie behaupten, dann beweisen Sie es.«

»Wie?«

»Man findet immer eine Möglichkeit, wenn man danach sucht. Ich habe Vertrauen in Sie: Sie sind so voller *Phantasie*.«

Der Tag nimmt seinen Lauf. Kandidat auf Kandidat. Vortrag auf Vortrag.

Gegen Mittag ein Zwischenfall. In der Pause trifft ein offizieller Konvoi ein. Es ist der Premierminister, der das Finale persönlich miterleben will. Ein Hauch von Skandal schwebt über der Prüfung: Zeitungen behaupten, es sei ein abgekartetes Spiel und Zeitos werde gewinnen, was auch immer geschehen werde. Zeitos ist in den Kulissen zusammengebrochen. Ostreich flüstert ihm sanft ins Ohr, mit einem erstaunlichen Lächeln. Der Premierminister läßt sich Ostreich vorstellen, sie stehen nicht weit von mir entfernt. Barbie streicht ebenfalls herum. Mein Flugzeugnachbar erkennt mich und erkundigt sich nach meinem Befinden. Er wechselt einige freundliche und kluge Worte mit allen, dann kehrt er in den Saal zurück.

Barbie betrachtet mich mit verblüffter Miene, die besagt: Sie kennen den Premierminister? Sie scheint mir zusätzliche Aufmerksamkeit entgegenzubringen, beinahe Zuneigung. Sie ist beeindruckt.

Wir setzen uns in eine Loge, um unsere neue Vertrautheit ungestört zu genießen. Ich fühle, wie mir Flügel wachsen. Ermutigt durch die Atmosphäre unseres kleinen Adlerhorstes – *very cosy* –, eingelullt vom Murmeln der Menge, fühle ich mich zu allem bereit. Als Zeitos die Bühne betritt, erschauert der Saal. Ein paar Flegel pfeifen sogar. Ich beobachte Ostreich aus dem Augenwinkel, er scheint unbeeindruckt, vielleicht verschanzt im Alkohol. Zeitos stürzt sich mit seltsamer Entschlossenheit in sein Programm.

»Es ist gut«, lobt Barbie nach wenigen Takten. »Er ist gut. Nicht wie neulich: da war er wie ein lauwarmer Wasserhahn.«

Es dauert einige Sekunden, bis ich reagiere.

»Was haben Sie gesagt?«

»Daß er besser spielt als neulich.«

»Nein, danach.«

»Ein lauwarmer Wasserhahn.«

»Schreiben Sie für *Le Monde*?«

»Ja, und?«

»Dann sind Sie A. K.«

»Ich dachte, Sie hätten es begriffen. Mein Name ist Kékszakallu. Anna.«

»Ich träumte davon, Sie zu küssen, aber jetzt stelle ich fest, daß ich davon träume, Sie zu schlagen.«

»Nun, dann träumen Sie nicht länger.«

Ich begreife die Bedeutung ihres Satzes nicht sofort. Welchen der beiden Träume soll ich verwirklichen?

Ihre Lippen setzen meiner Überlegung ein Ende. Küssende Frauen sagen die Wahrheit.

Das Erwachen ist höchst unsanft: Der Kuß hat aufgehört. Sie weint.

»Warum weinen Sie?«

»Zeitos opfert sich«, schluchzt sie.

»Wie bitte?«

Sie bedeutet mir zu schweigen. Zeitos schlägt auf die Tasten ein wie ein Irrer. Auch ich beginne zuzuhören, um meine Verwirrung zu verbergen. Was soll ich sonst tun? In dem Moment, in dem ich eine Frau eifrig und ergriffen küsse, läßt sie wegen eines bloßen Musikstücks von mir ab. In diesem Augenblick erkenne ich …

»Der *Mephistowalzer* …«, flüstert Barbie.

Der *Mephistowalzer*. Das kann doch nicht sein. Ein verblüfftes Raunen geht durchs Publikum. Zeitos opfert jede Chance auf den Sieg. Er disqualifiziert sich und begeht Selbstmord an seiner Karriere. Beim Chopin-Wettbewerb Liszt zu spielen! Ich begreife es nicht. Er schwitzt heftig in seinem schwarzen Seidenhemd, ein haßerfülltes Lächeln verleiht seinem Gesicht unglaubliche Energie. Seine Finger zucken mit diabolischer Präzision über die Tasten, er ist besessen, er läßt den Steinway die Seele aushauchen. In der Seitenfläche des Flügels sehe ich eine Spiegelung von Zakhors Gesicht, leicht erkennbar an der absoluten Kahlköpfigkeit. Schmerzverzerrt. Aber von welchem Schmerz?

»Es ist schön«, sagt Barbie.

Ihre Tränen drücken das gleiche ästhetische Urteil aus. Ich glaube zu begreifen, warum Zeitos das tut. Seine Leistung ist eine wahre Heldentat.

»Er ist ein großer Virtuose«, bekräftigt Barbie.

Zeitos hält den Saal in Atem. Selbst die Gegenstände, Kleider, Stühle, Logen, Kronleuchter wirken gefesselt und beseelt. Eine stumme Seele, die den Ohren der Menschen plötzlich in ihrer unerbittlichen Präsenz enthüllt wird. Nach Jahrtausenden des Schweigens vollzieht die Welt ihre Manifestation. Vergessen, der abgebrochene Kuß. Ich nehme es Barbie nicht mehr übel. Alles ist vergessen.

»Warum tut er das?«

Zeitos, so erklärt mir Barbie, die sich dank einer kurzen

Beruhigung der Klaviatur wieder gefaßt hat, sabotiert seine Siegeschancen, um die Verleumder zum Schweigen zu bringen und dem Gerücht, Ostreich favorisiere ihn, ein Ende zu setzen. Er handelt wie ein absoluter Gentleman, indem er sich aus dem Wettbewerb zurückzieht, dem Publikum dabei jedoch den unbestreitbaren Beweis seiner Überlegenheit liefert.

Ich bemerke als erster, was mit Zakhor vorgeht. Die Augen blutunterlaufen, versucht er sein Husten zu ersticken, aber es gelingt ihm nicht, eher erstickt er selbst daran. Jeder Schlag, den Zeitos der Tastatur versetzt, scheint ihm einen Krampf zu entreißen. Schon zischen die ersten Nachbarn die in solchen Situationen unvermeidlichen »Schscht!«. Aber der alte Mann ringt immer verzweifelter nach Atem. Die Geräusche, die er von sich gibt, stören Zeitos nicht im geringsten, im Gegenteil, sie scheinen das Selbstbewußtsein und die Energie, mit denen er seinen Teufelswalzer spielt, noch zu verzehnfachen. Er hat tatsächlich nichts mehr zu verlieren, da er nicht mehr gewinnen kann. Zakhor war leichenblaß, nun ist er plötzlich rot angelaufen, dann bläulich, sein aufgerissener Mund schnappt vergeblich nach Luft; seine Nachbarn zögern, ob sie ihm Stille gebieten oder Beistand leisten sollen. Er wirkt wie ein frisch gefangener Fisch, der unter allgemeiner Gleichgültigkeit auf der Auslage eines Fischers sich zu Tode zappelt. Er versucht aufzustehen, stößt geräuschvoll an Stühle und Knie seiner Nachbarn, aber man hört kaum etwas in dem wütenden Lärmen Liszts, der von einem entfesselten Zeitos zu neuem Leben erweckt wird.

Zakhor erreicht den Mittelgang und wendet sich dem Ausgang zu. Er gestikuliert wie eine kaputte Marionette, seine Stümpfe fuchteln durch die Luft, die sich seinen Lungen verweigert. Ich kann ihm nicht helfen, ich bin zu weit weg, in der Loge. Bis ich unten bin, ist es zu spät. Schließlich stürzt er schwerfällig zu Boden. Ein Mann in marineblauem Anzug springt auf und kniet neben ihm nieder. Die sicheren Bewegungen verraten den Fachmann. Er öffnet Zakhor den Kragen, nimmt an mehreren Stellen den Puls und beginnt die Mund-zu-Mund-Beatmung. Andere zu retten, das ist kein Beruf für mich.

Zeitos beendet das Stück. Die Ovationen sind um so begeisterter, als er sich durch den Zwischenfall nicht hat beirren lassen; er hat sein Programm trotz Zakhors spektakulärer Nummer meisterhaft zu Ende gebracht. Der Saal erhebt sich. Das hat er bisher für niemanden getan, mit Ausnahme von Ostreich am ersten Tag. Auch Ostreich ist aufgestanden. Er applaudiert hemmungslos, inmitten der Jury, die ebenfalls stehend Beifall klatscht. Barbie neben mir ist völlig außer sich, sie erinnert mich an die hysterischen Beatles-Fans, die man in Filmaufnahmen aus der Zeit in Ohnmacht fallen sieht. Ihr Gesicht ist tränenüberströmt, ihre Lippen zittern, und sie ruft so laut »Bravo! Bravo!«, daß ihre Stimme deutlich zu hören ist. Zeitos erkennt sie und winkt ein kleines Zeichen des Einverständnisses in unsere Richtung, was mich eifersüchtig macht. Der Beifall hört nicht auf, Zeitos lächelt, lächelt und hamstert zwischen seinen Zähnen die Wonne der Schmeichelei. Daran kann er sich wärmen, wenn er bald einsam mit seinem Verzicht wird leben müssen. Im Augenblick aber sonnt er sich in seinem Erfolg. Und das Publikum dehnt seinen Triumph aus, um ihn im voraus über seine schöne, selbstmörderische Geste hinwegzutrösten. Einige besonders Eifrige beginnen, seinen

Vornamen zu skandieren: »Ergo! Ergo!« Barbie schreit: »Bravo! Bravo!«. Ich beschränke mich darauf, mit der Menge zu applaudieren, aber ich muß sagen, er hat mich verblüfft. Diese Größe hätte ich nicht von ihm erwartet. Chopin schrieb an Liszt: »Ich eigne mich nicht dazu, Konzerte zu geben. Das Publikum schüchtert mich ein, sein Atem erstickt mich, seine neugierigen Blicke lähmen mich, diese fremden Gesichter lassen mich verstummen. Sie aber, Sie sind dazu bestimmt, denn wenn Sie das Publikum nicht gewinnen, so haben Sie die Macht, es zu erschlagen.« Zeitos hat es gewonnen und erschlagen zugleich. Zakhor aber hat er womöglich getötet.

Der Greis wurde ins Krankenhaus gebracht. Sein Zustand ist kritisch. Eine Aneurysmaruptur oder etwas ähnlich Fatales. Die Gerüchteküche brodelt. Er sei alt, frustriert und voller Neid gewesen. Zu erleben, wie ein junges Genie ihn in der weltweiten Erinnerung verdrängt, das habe ihn getötet. Manche behaupten, er habe öffentlich sterben wollen, um aufzufallen und den Wettbewerb zu verderben. Kurz und gut, man erzählt sich alles mögliche, aber es ist so uninteressant, daß ich nicht länger zuhöre, sondern hinter die Bühne zu Zeitos gehe.

In seiner Garderobe finde ich ihn nicht. Niemand weiß, wo er ist. Man hat ihn vorbeigehen sehen. Ich irre auf der Suche nach ihm durch die Kulissen, dann verlaufe ich mich in der Oper. Zigarettengeruch weckt meine Aufmerksamkeit. Unter einer Treppe dringt ein Rauchfaden hervor. Ich nähere mich langsam. Es ist Ergo, er kniet am Boden, eine Zigarette zwischen den Lippen. Ich glaube, er wischt sich eine Träne aus dem Gesicht. Ich weiß, daß er nicht raucht; der Rauch bringt ihn zum Husten. Und doch ist es eine filterlose Zigarette, von der gleichen Marke wie die, die ich heute morgen bei meiner Ankunft in Zakhors Mund gesehen habe. Breyavas, tschechische Zigaretten. Stark genug, um jeden Krebs zu ersticken. Er bietet mir eine an. Ich nehme sie. Wir rauchen schweigend. Ich stelle keine Fragen.

Nach Zeitos' Glanzleistung kann mir nichts mehr passieren. Ich bin am nächsten Tag mit meinem Finale an der Reihe. A. K.s Kuß hat mich verwandelt. Von der Frau geküßt zu werden, die mich einst verrissen hat, verleiht mir neues Selbstbewußtsein. Ich bin in meiner eigenen Wertschätzung gestiegen. Alles wird möglich. Meine Jugend holt mich wieder ein, ich spiele mit einer Zuversicht und Entschlossenheit, die ich seit langem nicht mehr erlebt habe. Ich ernte großen Applaus.

Es folgt das Abschlußkonzert mit Orchester. Es verläuft ohne größere Zwischenfälle. Zeitos ist herausragend und erhält Standing Ovations. Ich bin ich, nicht herausragend, aber auch nicht schlecht. Der Kuß der Journalistin wirkt noch immer. Ich erlebe beinahe einen Augenblick der Gnade in einer kurzen Stille zwischen zwei Sätzen: Ich habe das Gefühl, man *hört mir zu*.

Der Premierminister kommt in meine Garderobe, um mir zu gratulieren. Er hat das gesamte Finale verfolgt. Draußen werden Rufe laut. Es scheint mir, als hörte ich das gleiche »Zyd! Zyd!«, das uns am Flughafen empfangen hat.

»Das hat nichts zu bedeuten«, sagt er. »Die Wahlen rücken näher.«

Die Journalistin nutzt die Gelegenheit, um ihn in Beschlag zu nehmen und zu interviewen. Was hält er von Zeitos' Auftritt? Hat er einen Favoriten? Wie hat er mich kennengelernt? Er ist taktvoll genug, sie in dem Glauben zu lassen, wir würden uns seit langem kennen. Sie beobachtet meine Reaktionen aus dem Augenwinkel. Als er mich zu seinem Favoriten erklärt, lächelt sie nicht einmal. Die Jury berät sich zur Stunde noch. Verglichen mit Zeitos sind alle anderen in etwa gleich, vielleicht kann ich von dieser Verwirrung profitieren. Aber ich will nicht übertreiben: Zu den Finalisten zu gehören ist in Anbetracht meiner kurzen Vorbereitung bereits eine unverdiente Belohnung.

Die Beratungen dauern nur zwei Stunden. Der Premierminister hat uns Gesellschaft geleistet. Vor der Oper haben sich Demonstranten versammelt und skandieren Slogans. Durch ein Garderobenfenster sieht man in einer Nebenstraße zusammengezogene Polizeikräfte warten. Der Premierminister wird abgeholt und in den Saal begleitet: Die Ergebnisse sollen bekanntgeben werden. Die Journalistin verschwindet.

Herr Loyal betritt die Bühne und fordert das Publikum auf, der Jury unter Ostreichs Vorsitz zu applaudieren. Die Jury kommt unter Beifall auf die Bühne und nimmt an einem langen Tisch Platz, der an Stelle des Flügels aufgestellt ist. Dann werden die Finalisten geholt. Man läßt uns auf Stühlen Platz nehmen. Zeitos ist nicht da. Sicher erträgt er den Gedanken nicht, an dieser Preisverleihung teilzunehmen, während er sich freiwillig disqualifiziert hat. Im Saal wird es still. Man hört die Rufe der Demonstranten von draußen. Ostreich erhebt sich und ergreift das Wort:

»In diesem Jahr war der Wettbewerb in vielerlei Hinsicht außergewöhnlich. Unser Preisträger ist es ebenfalls.«

Vereinzelte Pfiffe werden laut. Ostreich wirft einen strengen Blick in den Saal.

Mit ruhiger Stimme gibt er den sechsten Platz bekannt. Ein Japaner, der diskreten Beifall erhält und sich langwierig bedankt, indem er sich vor jedem Mitglied der Jury verbeugt. Wieder ertönen Pfiffe. Der fünfte Preis ist ein vierundzwanzigjähriger Russe, den ich persönlich sehr gut fand, sehr »trotzig«, wie Ostreich sagen würde. Er nimmt den Preis mannhaft entgegen und drückt der gesamten Jury mit einem breiten Lächeln die Hand. Der vierte Preis ist eine neunzehnjährige Litauerin, die mir wegen ihrer ausgeprägten Rundungen und der Beweglichkeit ihrer Finger aufgefallen ist. Allmählich wird es ernst. Wir erreichen die Stufen des Podests. Ich bin enttäuscht. Wenn ich keinen der gerade verliehenen Preise bekommen habe, dann bedeutet das, ich gehe leer aus. Aber ich habe schon die Heldentat vollbracht, ins Finale zu gelangen, damit sollte ich zufrieden sein. Also gut. Dritter Preis, eine zweiunddreißigjährige Koreanerin, die wirkt wie zwanzig, ganz klein und lächelnd in ihrem weißen Kleid. Ihre Zöpfe schaukeln, als sie den Kopf neigt, um sich zu bedanken. Sie erhält großen Applaus und asiatisch klingende Beifallsrufe. Sie kommt aus Südkorea, was einer Menge Leute zu gefallen scheint. Mir wird die Zeit lang, ich schwitze in meinem Bühnenanzug. Die Zeremonie interessiert mich nicht mehr, ich ziehe Bilanz aus meiner Teilnahme. Berechtigt mich das Finale, neue Hoffnung zu schöpfen und meine Karriere neu anzukurbeln, oder muß ich mir darüber klar werden, daß ich immer ein wenig schlechter sein werde als die Besten? Ostreichs Stimme läßt mich zusammenfahren. Er nennt meinen Namen. Das ist mir sehr unangenehm. Warum spricht er mich vor all diesen

Leuten an, was will er noch von mir? Ich sehe ihn an, ohne zu begreifen. Er lächelt, durchbohrt mich mit seinem Blick und verkündet langsam:

»Zweiter Preis ...«

Ich! Ich bin der zweite Preis! Mir zittern die Beine, ich kann mich kaum erheben, ich bin überwältigt. Ich halte meinen Preis in der Rechten, mit der Linken schüttele ich den Mitgliedern der Jury die Hände. Sie sehen nicht besonders glücklich aus.

Ich sitze neben den anderen Preisträgern, die Koreanerin hat mir ein Küßchen gegeben, da tritt Ostreich vor, um den ersten Preis zu verkünden. Die sechs Kandidaten hinter uns rutschen unruhig auf ihren Stühlen hin und her. Die Stille im Saal ist gespannt wie eine Klaviersaite. Ostreich spricht laut und deutlich.

»Die Aufgabe einer Jury ist es nicht, dem Publikum zu gefallen. Auch in diesem Jahr werden wir einige enttäuschen. Aber daß der Chopin-Wettbewerb noch immer auf einem so hohen Niveau stattfindet, daß die Kandidaten, die zu hören wir die Ehre hatten, so gut vorbereitet waren, verdanken wir auch der hohen Anforderung. Dennoch habe ich vorhin gesagt, unser Preisträger würde außergewöhnlich sein.«

Jemand ruft »Ergo!« Ein erstes Händeklatschen löst Beifall aus, der ganze Saal stimmt ein. Die Atmosphäre ist elektrisiert. Wird das Undenkbare geschehen? Ergo Zeitos hat sich durch den *Mephistowalzer*, der weder im Programm noch von Chopin ist, disqualifiziert. Hat Ostreich es dennoch gewagt, die Jury zu überreden, in diesem »außergewöhnlichen« Fall das Reglement zu brechen? Der Saal skandiert »Ergo! Ergo!« und klatscht rhythmisch. Ostreich hebt die Hand und gebietet Stille.

»Ich sagte, wir werden einige enttäuschen, denn auch in diesem Jahr, zum dritten Mal in Folge, hält die Jury es nicht für angebracht, einen ersten Preis zu vergeben.«

Das Publikum äußert seine Unzufriedenheit. Die sechs Kandidaten hinter mir sind erstarrt.

»Aber«, fährt Ostreich fort, »Sie verfügen, um Ihren Herzen Genüge zu tun, über einen Publikumspreis, der in diesem Jahr vom Herrn Premierminister persönlich überreicht wird.«

Der Premier in der ersten Reihe erhebt sich, betritt die Bühne und grüßt. Loyal nimmt aus Ostreichs Händen einen Umschlag entgegen, den er dem Premierminister überreicht. Dieser öffnet ihn, lächelt und verkündet:

»Ergo Zeitos!«

Ein freudiger Aufschrei geht durch den Saal, dann Unruhe, als man bemerkt, daß der Publikumsliebling nicht da ist. Er erregt schon wieder Aufsehen, diesmal durch seine Abwesenheit. Der Premierminister will abermals das Wort ergreifen, als plötzlich jemand aus dem Hintergrund des Saales schreit: »Zyd!« Es erklingen einige entrüstete Ohs, dann Pfiffe. Eine andere Stimme ruft etwas Unverständliches, das den Funken ins Pulverfaß schleudert. Schreie von allen Seiten. Die Leibwächter des Premierministers schauen einander beunruhigt an. Ostreich übernimmt das Mikrofon und bringt die Menge zum Schweigen.

»Wir sind in Gedanken auch bei ...«

Er wird von einem Knallkörper unterbrochen, der im Hintergrund des Saales explodiert. Durch die Türen drängen mit Spruchbändern und Lautsprechern bewaffnete Demonstranten, die einen Höllenlärm veranstalten. Eine sehr erregte Frau mit Dutt und Brille redet auf das Publikum ein, während ein paar besonders entschlossene Kerle auf die Bühne zukommen. Von draußen erreichen uns jetzt in voller Lautstärke die »Żyd!«-Rufe, die den Premierminister überall begleiten. Seine Leibwachen kreisen ihn ein und bringen ihn von der Bühne. Jemand versucht, einen Stuhl nach ihnen zu werfen, der auf dem Tisch der Jury zersplittert. Ostreich sucht den Werfer mit dem Blick und schleudert ihm einen Blumenstrauß ins Gesicht, den, der für Zeitos bestimmt war. Weitere Demonstranten versuchen, in den Saal zu gelangen, Panik erfaßt das Publikum, es drängt hinaus. Binnen weniger Sekunden herrscht allgemeines Durcheinander, das Kreischen der alten Damen vermischt sich mit dem der Lautsprecher, auf der Bühne ist es leichter, man kann einfach in den Kulissen verschwinden.

Durch die Schießscharte der Garderobe sehe ich die Menge draußen. Es wird geschrien und gedrängelt. Berittene Polizei greift ein und versucht die Kundgebung zu zerstreuen. Aber unter die Demonstranten mischen sich jetzt die aus dem Saal geflohenen Zuhörer. Die Alten schreien und rennen in alle Richtungen, die Jüngeren werfen Stühle nach den Polizisten. Die berittenen Beamten haben kaum Bewegungsfreiheit. Ein Pferd steigt wiehernd und wirft seinen Reiter ab. Sofort stürzt sich die Menge auf ihn, Tritte, Stockhiebe. Die Polizei reagiert schnell. Tränengas, Knüppelschläge. Ostreich betrachtet all das gelassen von der obersten Treppenstufe aus. Das muß ihm gefallen, endlich ist etwas los. Mir ist es egal, *ich habe soeben den Chopin-Wettbewerb von Warschau gewonnen.*

Zakhor bewegt sich auf dem Bett. Sein magerer Oberkörper ragt unter der Decke hervor. Er trägt ein Mal auf der Schulter, eine Art S, aufgewölbt wie eine Narbe. Er schlägt die Augen auf. Zwei Achate mit rötlicher Äderung schleudern ihre letzten Blitze. Er verzieht das Gesicht vor Schmerz und drückt auf den Knopf eines kleinen Apparates, den er in der Hand hält und der mit einer Maschine hinter ihm verbunden ist. Ich höre einen Piepton, dann einen zweiten, als er wieder drückt. Schläuche verbinden ihn überall mit dem Leben, er erinnert mich an Svetlana, die Insektenfrau, wie sie in einem Alptraum von Kabeln gefangen daliegt. Ich wollte mich nach ihrem Befinden erkundigen, aber sie wurde auf eine andere Station verlegt. Statt dessen liegt Zakhor hier. Minutenlang ist er abwesend. Dann scheint er plötzlich wieder in seinen Körper zu schlüpfen: Seine Augen erkennen mich. Er ist wieder der selbstsichere Herr mit der gebieterischen Stimme unserer ersten Begegnung. Er weist auf den Apparat in seiner Hand und sagt:

»Morphium. Ich dosiere es selbst, mit Hilfe des Automaten hinter mir. Amerikanisch. Ich habe Amerika immer gehaßt.«

»Sie …«

»Sagen Sie nichts. Es ist sehr liebenswürdig von Ihnen, daß Sie mich besuchen. Es ist wirklich lange her, daß wir miteinander gesprochen haben.«

»Ich ...«

»Wissen Sie, daß die Widerstandsbewegung Liszts Zweites Klavierkonzert während des Krieges benutzte, um die Geräusche der Schüsse zu übertönen, wenn sie Nazis töteten?«

»Den *Mephistowalzer* ...«

»Niemand konnte das wissen. Ich begreife es nicht.«

Er verstummt. Er spricht nicht wirklich mit mir. Er denkt nur laut.

»Welche Ironie, unter Chopins Augen von Liszt getötet zu werden.«

Man hört Krankenschwestern im Flur lachen. Man riecht ihre Zigaretten.

»Hören Sie das?«

»Was?«

»Das ist Mozarts Lachen.«

»Aber nein ...«

»Scht! Hören Sie!«

Man hört nichts. Nur das Schwätzen der Krankenschwestern.

»Er lacht mich aus.«

»Aber nein.«

»Doch. Das war ein abgekartetes Spiel. Ich werde sterben.«

»Aber nein. Erinnern Sie sich, was in Ihrem Buch steht: ›Gott wird die Pianisten und die Schuhmacher retten!‹«

Daß ich sein Buch erwähne, scheint ihm nicht zu gefallen. Er wirft mir einen glühenden Blick zu. Sein Mund verzerrt sich, er murmelt:

»Sie auch ...«

Als hätte ich einen Schalter betätigt, versinken seine

Worte in Zusammenhangslosigkeit. Er sagt, Zeitos habe ihn töten wollen. Niemand könne die Wahrheit wissen. Es gebe keine Wahrheit. Er spricht von einem Kind, konfus und rätselhaft, ich glaube zu verstehen, daß er sich vorstellt, er habe ein Kind gezeugt, das nun seinen Tod wolle. Das erinnert ein wenig an sein Buch. Aber ich habe es nur überflogen, ich habe nicht alles verstanden. Was mich angeht, so sei ich von seinem Sohn gesandt, um ihn vollends zu töten. Eine Assistenzärztin, die ihren Kontrollgang macht, erklärt mir mit Gesten, er habe wohl Halluzinationen, und ich solle lieber gehen.

Zakhor ist in dieser Nacht gestorben. »Das Ende einer Epoche«, titelt *Le Monde* am nächsten Tag. Barbie hat von der Assistenzärztin erfahren, daß der berühmte Pianist ohne Hände die Nacht nicht überstehen würde. Sie hat ihren Artikel geschrieben und ihn ohne abzuwarten an die Redaktion geschickt. Die Wunder des Journalismus gegen die der Medizin.

Es wird keine Zeremonie geben. Zakhor hatte keine Angehörigen, sein Letzter Wille, den eine Nachtschwester um drei Uhr morgens aufgeschrieben hat, verbietet jede religiöse Veranstaltung kategorisch. Er hat verlangt, eingeäschert zu werden. Die Kremation findet am Nachmittag statt, in Anwesenheit der Jury, mit Ausnahme von Ostreich, der sich jedoch nicht entschuldigt hat. Barbie hat mir vorgeschlagen, sie in die Leichenhalle zu begleiten, in der Annahme, sie tue mir einen Gefallen damit, wenn sie mich an ihrer den Umständen entsprechenden Trauer teilhaben läßt, schließlich ist sie es sich als professionelle Musikliebhaberin schuldig, während der Einäscherung eines der größten Märtyrer des Klaviers eine Träne zu zerdrücken. Ich habe in Bezug auf Zakhor keine Meinung mehr. Ich will nichts mehr denken. Die Bilder des Aufruhrs vom Vortag ziehen erneut an meinen Augen vorbei. Ich kann mir diese Gewalt immer noch nicht erklären; wie konnte ein so gesittetes, so geziertes, so *klassisches* Publikum der Entfesselung so primitiver Affekte erliegen? In der Leichenhalle ist es dunkel, die Stühle reichen nicht für alle. Es entsteht eine leichte Unruhe, jeder versucht, sich zu setzen, ohne daß es so aussieht, als nehme er einem anderen den Platz weg; wir erleben ein Ballett, in dem Höflichkeit und Selbsterhaltungstrieb miteinander tanzen. Der alte Herr überläßt seinen Platz der alten Dame; die junge Dame überläßt den ihren dem alten Herrn; ein anderer, besonders galanter alter Herr überläßt ihn der jungen Dame; im Grunde bleibt niemand lange stehen oder sitzen. Es ist die Trauerversion der Reise nach Jerusalem. Als endlich eine faktische Einigung darüber erlangt ist, wer stehen bleiben muß, bringen Friedhofsangestellte weitere Stühle. Als schließlich alle sitzen, fragt der Angestellte die Anwesenden etwas. Barbie erklärt mir, daß der Leichnam jetzt nach unten (in den Brennofen) gebracht wird, und daß er fragt, ob jemand dabeisein möchte. Aus Neugierde würde ich mich gerne melden, aber das wäre geschmacklos. Die folgende Stunde ist die längste meines Lebens. Niemand spricht. Weder Musik noch Reden. Nur das Knistern der Flammen, das nicht zu hören, aber dennoch beinahe wahrnehmbar ist, so sehr stellt man es sich vor. Zakhor endet in Asche.

Nachdem wir das Krematorium verlassen haben, schlendere ich über die Friedhofswege, Tausende von Kerzen flackern im anbrechenden Abend, lächerliche Leuchttürme für die Verschwundenen, die im Nichts dahintreiben. Von neu erwachtem Interesse geleitet, folge ich den Pfeilen, die mich in den jüdischen Teil des Friedhofs führen.

Dort stoße ich auf mehrere völlig verwahrloste Gräber, die aufragen wie die gelockerten Zähne eines riesigen, düsteren Mundes. Keine Kerze, keine Blume, die Grabsteine von Flechten bedeckt, zernagt, zersprungen. Nicht weit davon, entlang einem anderen Weg, recken sich gepflegte Monumente in Reih und Glied. Wenn man nahe genug an den Stein herantritt, kann man einen germanisch klingenden Namen lesen, dann noch einen, und noch einen. Soldaten, die 1943 gefallen sind. Inschriften in gotischen Lettern. Eine Frau in Schwarz steht vor einer Gruft. Als ich an ihr vorbeigehe, wirft sie mir einen mißbilligenden und ängstlichen Blick zu.

Ich fahre zurück ins Krankenhaus. Zakhors Zimmer wurde gereinigt. Eine Krankenschwester erscheint, sie spricht mich mit gesenktem Blick auf polnisch an, sie muß mich wohl für einen Angehörigen halten.

Ich fahre wieder in die Pension. Die Straße zum Flughafen ist durch eine Demonstration versperrt. Ich habe beschlossen, mit dem Zug nach Hause zu fahren. Ich setze mich ein letztes Mal an meinen Sekretär und knipse die Lampe an. Ein bläulicher, durchscheinender Fleck auf dem Lampenschirm weckt meine Aufmerksamkeit, im Winkel zweier Adern, die sich treffen wie Lippen. Es sieht aus wie eine Zeichnung oder eine Tätowierung. Ich gehe näher heran, bis ich schiele. Aus der Nähe sieht man nichts mehr. Man hat den Eindruck, nur aus der Ferne etwas zu erkennen. Eine winzige Schlange. Man möchte näher herangehen, um es besser zu sehen, aber wenn man näher herangeht, sieht man gar nichts mehr. Ich taste mit den Fingern über die fragliche Zone und glaube eine leichte Erhöhung zu spüren. Ich lösche die Lampe und packe meine Sachen.

Als ich mein Zimmer verlasse, erfüllt mich eine seltsame Erleichterung. Ein Gefühl erfüllter Pflicht. Und zugleich der Eindruck, etwas vergessen zu haben, aber was?

Ich werfe einen letzten Blick auf die Möbel. Bett. Nachttisch. Stuhl. Bücherregal. Sekretär. Jetzt weiß ich es: Zakhors Buch ist verschwunden. Ich habe keine Zeit, das Bücherregal zu durchsuchen, um zu sehen, ob Katia es beim Putzen dort eingeräumt hat. Die Dinge kehren an ihren Platz zurück, und das ist, als würde man sie verlieren.

Ich denke an das Mädchen, das ich im Krankenhaus zurückgelassen habe. Ich habe sie nicht wiedergesehen. Svetlana. Vor einigen Jahren war das der Vorname einer hübschen russischen Turnerin. Ich begegne Katias Blick, als ich die Treppe hinuntergehe. Sie sitzt im Schneidersitz auf dem Boden und hält den Faden, den ihre am Star erblindete Großmutter verstrickt. Sie errötet und senkt den Kopf. Ich bringe es nicht fertig, ihr »Do widzenia« zu sagen. Und was Adieu heißt, weiß ich nicht.

»Sie fahren also zurück nach Paris?«

Barbie lächelt mich ein wenig traurig an. Diese Musikliebhaber sind aber auch romantisch! Wir sitzen allein in der Bar der Oper, beim flackernden Licht der Kerzen auf den Tischen. Auch ich selbst fühle mich sehr bewegt. Ich bin geistesgegenwärtig genug, uns die Dinge nicht einfach so entgleiten zu lassen. Vom strahlenden Glanz meines Preises umgeben, bringe ich die Dreistigkeit eines Siegers auf.

»Wollen Sie mitkommen?«

Ihr Lächeln zögert. Ich gehe in die Offensive:

»Wohin Sie auch wollen. Wir könnten die Gegend erkunden. In allen Ehren natürlich.«

»Ich muß einen Artikel schreiben«, sagt sie. »Ich muß nach Treblinka. Begleiten Sie mich?«

»Treblinka, sind Sie sicher?«

»Oh, ja. Kommen Sie mit. Ganz allein hätte ich Angst.«

Ich suche Ostreich, um mich zu verabschieden, aber seit der Preisverleihung hat ihn niemand mehr gesehen.

Als wir am Bahnhof die Fahrkarten lösen wollen, tippt mir jemand auf die Schulter. Es ist Ostreich. Er ist nicht rasiert, seine Augen verschwinden beinahe in vom Alkohol angeschwollenen Ringen. Er hat einen Zigarettenstummel im Mund. Eine Breyava? Ich könnte es nicht beschwören. Er raucht schweigend. Um ihm die Sache zu erleichtern, stammele ich ein paar Banalitäten.

»Danke für den Preis ...«

»Gute Taten müssen belohnt werden.«

»Welche guten Taten?«

»Sie sind ein Dummkopf«, krächzt er, »aber ich mag Sie.«

Ich versuche, Konversation zu machen:

»Wissen Sie das mit Zakhor?«

»Was?«

»Er ist tot.«

Er zieht an seinem Stummel, holt eine Zigarette aus der Tasche, die er mit der letzten Glut der vorigen anzündet. Er zieht an der Zigarette. Bläst mir erneut den Rauch ins Gesicht.

»Zakhor«, sagt er, »war schon seit langem tot. Es ist unsere Aufgabe als Musiker, den Toten beim Sterben behilflich zu sein.«

Ich zögere zu verstehen.

»Sie wollen sagen ...«

»Ich will gar nichts sagen«, bringt er langsam hervor. »Gute Reise. Und Bravo.«

In der Schlange vor dem Schalter bin ich an der Reihe. Zweimal Treblinka hin und zurück. Wie verkaufen nur einfache Fahrkarten, gibt mir die Schalterbeamtin zu verstehen. Ich schließe für einen Moment die Augen, um ein Schwindelgefühl zu unterdrücken. Auf meinen Lidern tanzen leuchtende Punkte wie mitten im August, als blendeten mich die Sonne und das Meer, das sie in Tausenden weißer Blitze widerspiegelt. Ich öffne die Augen wieder. Die Leute hinter mir werden ungeduldig. Ich verlange zwei einfache Fahrten ans Meer. Die Ostsee? fragt sie. Nein, das Mittelmeer. Sie glotzt mich mit Kuhaugen an, dann stellt sie brummelnd die Fahrkarten aus. Mittelmeer … Was ist nur in mich gefahren? Mit dem Zug werden wir wahrscheinlich tagelang unterwegs sein. Je länger, desto besser. Schließlich reicht sie mir zwei Fahrkarten, auf denen ich *Crotia* oder *Cratia* lese. Sie bedeutet mir, mich zu sputen, der Zug fahre gleich ab. Mit drei Fingern zeigt sie Richtung Bahnsteig. Ich renne zu Barbie, die artig dort auf mich wartet, wo ich sie verlassen habe. Ohne ihr zu sagen, wohin wir fahren, packe ich sie am Arm und zerre sie im Sturmschritt zum Bahnsteig 3. Der Bahnhofsvorsteher hat schon seine Flagge gehoben, die Türen schlagen gerade zu, als wir sie erreichen. Eine klemmt zum Glück, wir klettern an Bord. Barbie lacht vor Vergnügen nach diesem wilden Spurt, das Haar fällt ihr in die Augen, ich habe Lust, sie zu küssen. Die Umstände scheinen günstig. Ich ziehe sie an mich. Der Zug setzt sich in Bewegung. Die Lokomotive stammt noch aus der Schwarzweißära. Plötzlich ist mir, als habe ich all die Zeit, die ich in Warschau verbrachte, in einem kolorierten Film gelebt. Sie gibt mir meinen Kuß zurück. Wir keuchen, außer Atem und schwitzend. Wir sind allein im Abteil.

Sie bietet mir eine Zigarette an. Sie streichelt meine Hand. Mehrere Stunden sind vergangen, ohne daß der Zug angehalten hätte. Ihre Haare bleiben in meinem Mund hängen. Draußen bricht die Nacht herein. Sie schweigt. Dann beugt sie sich zu einer ihrer Reisetaschen, die wir in unserer verliebten Hast nicht ins Gepäcknetz gehoben haben. Sie kramt darin herum und holt das Diktiergerät heraus, das sie mir geben wollte, um Ostreich eine Falle zu stellen.

Sie drückt auf Wiedergabe. Die Aufnahmequalität ist nicht besonders gut. Am Anfang schlägt eine Tür zu. Dann nähern sich Stimmen. Man erkennt die von Zeitos, vor allem seinen Akzent. Er ist zornig:

»Nein!« sagt er. »Nein! Das werde ich auf keinen Fall tun! Davon war nie die Rede!«

Dann Ostreichs Stimme, dumpf, drohend:

»Du wirst es tun.«

»Nein! Wir hatten gesagt, während des Galakonzerts. Nicht im Finale!«

»Daß du ins Finale gelangt bist, hast du nur mir zu verdanken. Im Semifinale warst du miserabel. Was glaubst du denn? Jeder weiß, daß ich dich gewinnen lassen will, es steht in den Zeitungen. Wenn du gewinnst, bist du erledigt! Kapierst du das?«

»Warum haben Sie mich dann ins Finale kommen lassen?«

»Du mußt *Mephisto* spielen. Wenn du im Semifinale rausgeflogen wärst, hätte es weder Finale noch Gala für dich gegeben.«

Schweigen. Jemand geht vorbei und grüßt. Dann Zeitos, ruhiger:

»Was ist, wenn ich mich weigere? Wenn ich nicht *Mephisto* spiele?«

»Dann lasse ich dich gewinnen.«

»Das können Sie nicht. Sie haben nur eine Stimme.«

»Aber eine, die alle anderen übertönt.«

Zeitos sitzt in der Falle. Er fragt noch:

»Und wenn ich überhaupt nicht spiele? Wenn ich nicht antrete?«

»So dumm bist du nicht. Denk doch mal nach: Du spielst *Mephisto* so gut. Das ist deine einzige Möglichkeit, die Ehre zu retten und die Gerüchte über uns zu entkräften. Du gewinnst nicht, aber du gewinnst mehr: Du wirst in die Geschichte des Wettbewerbs eingehen, wie Pogorelich im Jahre 1980.«

Das letzte Argument trifft ins Schwarze. Zeitos' Stimme verändert sich:

»Warum wollen Sie das tun?«

»Stell dir vor, du bist alt. Ohne Hände. Beinahe blind. Stell dir vor, *Mephisto* sei dein Lieblingsstück. Du kannst nicht mehr spielen. Du wirst bald sterben. Würdest du dir nicht wünschen, daß ein Engel käme und dir auf wunderbare Weise deine Jugend und dein Talent wiedergäbe? Nun, dieser Mann ist heute im Saal. Und der Engel, der bist du.«

Sie drückt auf Stop. Sie sieht mich an.

»Begreifen Sie jetzt?«

Wie üblich, begreife ich gar nichts.

»Er hat ihn getötet.«

Wer hat wen getötet?

»Ostreich. Er ist verantwortlich für Zakhors Tod. Er hat alles arrangiert. Vor diesem kranken Greis den *Mephistowalzer* zu spielen bedeutete mit Sicherheit, ihn zu zerstören.«

»Im Gegenteil, er sagt doch, es sei ein Geschenk.«

»Na gut, ich sehe schon, Ihnen muß man alles erklären.«

Sie zieht ein Buch aus ihrer Tasche. Ich erkenne das Leder des Bandes, der von meinem Sekretär verschwunden ist.

»Haben Sie es gestohlen?«

»Haben Sie es gelesen?« antwortet sie. »Das sollten Sie. Der Schlüssel ist hier drin. Wissen Sie, wie viele Exemplare dieses Buches noch im Umlauf sind? Keins. Dieses ist das einzige, das ich je gesehen habe. Und wissen Sie auch, warum? Nicht Zakhor hat es geschrieben. Jemand anders hat es unter seinem Namen publiziert, 1963. Der Verleger wußte von nichts. Zakhor ließ es in den darauffolgenden Wochen aus dem Vertrieb nehmen. Und bei der Gelegenheit hat er sich selbst ebenfalls aus dem Verkehr gezogen. Dreißig Jahre lang war er in keinem Konzertsaal mehr zu sehen.«

Zakhors Wahn erhellt sich.

»Aber warum behaupten Sie, Ostreich sei der Mörder?«

»Wo haben Sie dieses Buch gefunden?«

»Das wissen Sie doch: in der Pension, in meinem Zimmer.«

»Wer hat Sie in dieser Pension untergebracht?«

»Ostreich.«

Ostreich ... Wer hat mich überredet, am Chopin-Wettbewerb teilzunehmen?

Ostreich.

Und wer hat mich gewinnen lassen, ich ahne es jetzt?

Ostreich.

Um mich zu belohnen, hat er gesagt. Aber wofür zu belohnen?

»Das kann doch nicht sein. Im Krankenhaus hat Zakhor behauptet, sein Sohn habe ihn töten wollen.«

»Und weiter?«

»Nun, Ostreich hat seinen Vater im Krieg verloren. Sie wissen doch. Seine Familie, die in Josefow erschossen wurde.«

»Ich erinnere mich. Zu Ihnen hat er gesagt, sein Vater sei in Auschwitz gestorben. All diese Widersprüche, diese falschen Fährten …«

»Glauben Sie? Mein Gott, das wäre ja ungeheuerlich.«

Er war es, der das Buch in mein Zimmer gelegt hat, gut sichtbar auf den Sekretär. Warum hat er mir dieses Buch in die Hände gespielt? Ich habe es Zakhor gegenüber erwähnt, dieses Buch, das nicht von ihm war und das er verschwinden lassen wollte. Er muß geglaubt haben, ich sei an der Verschwörung beteiligt. Ihm den *Mephistowalzer* vorzuspielen bedeutete, ihn niederzustrecken. Ihm von diesem Buch zu erzählen bedeutete, ihn vollends umzubringen. Seiner Paranoia recht zu geben. Die Gespenster neu zu beleben. Und ich habe durch meinen Neid dazu beigetragen, Zeitos dazu zu bringen, daß er den *Mephistowalzer* spielte. Ich habe ihm geraten, Phantasie zu beweisen, um sich von den Verdächtigungen, die über seiner Qualifizierung schwebten, reinzuwaschen.

Ich habe mich an einem Verbrechen beteiligt.

Ohne mein Wissen, aber das macht keinen Unterschied. Es ist sogar noch schlimmer: Das Buch, das drei Wochen auf meinem Sekretär lag, enthielt den Schlüssel zu einem Verbrechen, das ich hätte verhindern können.

Ich widerstehe der Versuchung nicht, das Ende des Buches zu lesen, während meine Journalistin auf meinen Knien einschläft. Zwei Stunden später bette ich ihren Kopf behutsam auf meinen Mantel. Wir fahren ans Meer. An die schönen Gestade Kroatiens. Ich werde es ihr sagen, wenn sie aufwacht. Endlich weiß ich die Wahrheit über Zakhor.

Zwei Fragen bleiben offen. Erstens, warum wollte Ostreich Zakhor töten? Um sich zu rächen, aber wofür? Ich habe als Anhang die Passagen aus dem Buch von »Zakhor« anfügen lassen, die diesen Punkt möglicherweise erhellen können. Das gesamte Dokument ist im Europäischen Institut für Gegenwartsgeschichte einzusehen.

Zweitens, warum brauchte Ostreich mich? Warum hat er mich in die Sache hineingezogen? Konnte er sich nicht mit Zeitos begnügen? Aus der Distanz glaube ich die Antwort gefunden zu haben. Jedes Verbrechen braucht seinen Zeugen. Um darüber zu berichten, und damit es nicht umsonst begangen wurde. Das war sie, meine »gute Tat«. Und der Preis war meine Belohnung.

Nach diesen Ereignissen habe ich versucht, das Klavierspielen aufzugeben. Angewidert durch die Art, wie ich gewonnen hatte. Aber als die ersten Einladungen kamen … Konzerte lehnt man nicht ab. Die Auswirkungen des Wettbewerbs haben meine Karriere wieder angekurbelt.

So habe ich begonnen:

»Ich bin Pianist. Ich sollte nicht schreiben, ich bin mir bewußt, daß ich hier nicht alles zeige, was meine Finger zu bieten haben, aber ich muß ein Geständnis ablegen. Klavier zu spielen erleichtert mich nicht mehr. Ich muß sprechen. Ich muß berichten, wie ich einen Menschen getötet habe.«

Nun ist diese Erzählung zu Ende. Ich habe meine Schuld eingelöst. Die Musik ist mein Metier. Ich kehre zu ihr zurück.

ANHANG

Man stelle sich diesen elenden, entwurzelten Heranwachsenden vor, der nach Größe hungernd in den Straßen Wiens umherirrte. Es war gut von ihm, nach Größe zu hungern. Wessen Fehler ist es, wenn er keine andere Art der Größe fand als das Verbrechen? Seit das Volk lesen kann und keine mündlichen Überlieferungen mehr pflegt, sind es die Menschen, die eine Feder zu führen vermögen, die dem Publikum Vorstellungen von Größe liefern und Beispiele, sie zu illustrieren.

Simone Weil, *L'Enracinement*

ERINNERUNG

P. Zakhor

Hamburg 1963
(Auszüge)

Europa ist ein Land im Infarkt. Den Leuten fehlt es an Herz, meines zum Beispiel schlägt nur einen Schlag von zweien, den, der weh tut.

Ich huste in den Konzertsälen an den schönsten Stellen, mitten im Chopin, ich scheiß auf die Schönheit, sie hat nichts für mich getan, als ich sie gebraucht hätte, und jetzt

Ich verlache die Tragödien, Shakespeare in Tränen, Romeo und Julia sind in einem Schiff, ich gähne Corneille ins Gesicht, ich schäme mich, Kalauer sind die Furze des Geistes, ich furze in der Öffentlichkeit, ich kotze auf die Schönheit, ich sage Ihnen, ich scheiß drauf.

Ich hasse die Frauen, die außer sich geraten, die Liebhaberinnen der Finesse, die verzückten Romantikerinnen, die mit den grandiosen Gedankenflügen, sie sind weniger als Nutten, an Gott verkaufte Seelen, Schlampen, Schlampen.

Es ist zuviel, ich bin nicht an Weihnachten geboren, das Leben hat mir kein Geschenk gemacht. Jesus. Ich hätte gern Blut, Tränen, wie du, und daß man mich holt und meine Rechnung begleicht, alle Sünden der Welt, diese Runde geht auf mich, ich bin der König der Juden.

Welche letzte Versuchung? Leben? Genug gescherzt. Holz, Nägel.

Aber ja, es ist wahr, ein paar Frauen, ein paar Liebschaften, ein paar Schauer, Schweiß auf nackten Körpern, und Versprechen, leere Worte, in der Luft, unter der Erde, aber ja, das ist es, Glück. Aber darauf falle ich nicht mehr herein. Diese nackten Frauen sind ausweglos.

Glück, davon hatte ich mehr als genug, zum Weiterverkaufen, kaum aufgetischt, ein Schnäppchen, in Gold.

Aber keine Käufer, nie, wen interessiert das Glück schon, wenn auch ein wenig abgetragen? Keine Fragen, die Bedingung des Glücks. Keine Fragen, keine Antworten: die Bedingung des Unglücks. Aber was denn, es läuft doch bei uns. Nutten. Man kommt immer wieder zu ihnen zurück.

Nicht eine, die etwas taugt. Ich hasse sie alle. Selbst die, die angeblich nichts dafür können. Sie steigern meine Bitterkeit. Ihr Schweigen ist Mitschuld. Sie beteiligen sich stillschweigend an diesem großen Verbrechen gegen meine Menschlichkeit. Die Frau. Sie macht einen immer schlechter.

Sie glauben mir nicht? Die Liebe lächelt Ihnen zu? Nutzen Sie die Gelegenheit, und sehen Sie sich ihre Zähne an.

Was soll ich Ihnen denn berichten? Das Leben hat mich verschlungen. Nichts ist intakt. Es wimmelt. Nachts habe ich Alpträume ich träume daß ich glücklich bin mit einer Frau die es nicht gibt und die es niemals gab. Ich träumlüge.

Ich trage noch – wer will sie sehen? – die Spuren ihrer Reißzähne.

* * *

Wenn ich Ihnen meine Geschichte erzählen würde, würden Sie mir nicht glauben. Ich lüge Sie nur ungern an, aber die Wahrheit, die wollen Sie nicht, sie würde Sie versteinern.

Was ich Ihnen zu sagen habe, ist weniger schwierig zu leben als zu hören. Sagen Sie nicht nein, aber nicht doch. Sie haben ja keine Ahnung. Glauben Sie mir, darauf können Sie nicht gefaßt sein.

Schließen Sie die Augen, die Ohren, für Sie ist es noch Zeit. Schließen Sie, fliehen Sie. Das Nichtwiedergutzumachende ist nicht geschehen, *es wird nicht geschehen* liegt nur an Ihnen. Für mich ist es zu spät. Die Füchse sind gekommen, sie haben mir die Hände abgeschnitten, ich kann die Seite nicht mehr umblättern.

* * *

Ich weiß nicht, ob es eine Judenfrage gibt, aber seit kurzem gibt es eine deutsche Antwort. Die Deutschen wollen die Juden wegwirtschaften, das ist ein Fehler, denn ohne die Juden gäbe es keine deutsche Wirtschaft.

Das pflegte mein Vater zu sagen, ein Großrabbiner unter vielen, der, als die Gestapo an unserer Tür Schlagzeug spielte, in den Tod zu fliehen beschloß, um seinen Pflichten als Sündenbock zu entgehen. Er überließ seine Frau der Tonsur und mich, seinen Sohn, dem Genie oder dem Nichts.

Man hat mir ein Klavier unter die Finger geschoben, und meine Finger haben auf die Verräter eingetrommelt, zitternd haben sie alles gespielt, was sie konnten, die Angst war mir Metronom, zusammen mit der Scham, ein Mensch zu sein.

Ich habe ihren Jubel geteilt und ihr Lager. Ich habe für die

Offiziere in Schwarz gespielt, mit Stiefeln, Adlern und Medaillen, ich spielte mit den Fingerspitzen, man bewunderte meine Finesse.

* * *

Gott wird die Pianisten und die Schuhmacher retten, die Chemiker und die Juweliere, die Zahnärzte und die Tischler. Gott wird die Nützlichen retten. Die anderen werden den Büchern folgen.

Ich sehe die Szene noch vor mir. Ich jung, sie ganz alt, wie sie in der Kälte standen. Steife Finger, unmöglich zu spielen. Ein Alter gab mir seine Wollhandschuhe.

Ich habe dieses Stück von Liszt gespielt, voller Zorn und Freude. *Mephistowalzer*. Den mein Vater mich bis zum Erbrechen hatte üben lassen und von dem ich ihm versprechen mußte, daß ich ihn an dem Tag spielen würde, an dem ich Angst hätte.

Und jetzt habe ich Angst. Ich spiele. Ich spüre, daß man mich ansieht. Ein Uniformierter klopft mir auf die Schulter, er sagt: »Es ist gut, Kleiner.« Ich werde der Pianist des Orchesters von Auschwitz sein!

* * *

Als Kind zwang mich mein Vater ans Klavier. »Die Musik wird dich retten«, schärfte er mir unermüdlich ein. Ahnte er, wie recht er hatte, mein Väterlicher Retter? Von Montag bis

Sonntag, Sabbat ausgenommen, also von Sonntag bis Freitag setzte er mich an die Klaviatur, die zu hoch war für mich Dreikäsehoch. *Mondscheinsonate*, *Für Elise*, all die abgedroschenen Stücke der Kindheit, ich spielte so schlecht, daß ich mein eigener Nachbar war, ich hätte mich eher zusammengestaucht als das Gemetzel fortzusetzen, was zumindest bereits einen Ansatz von künstlerischem Geschmack bewies. Mein Vater beharrte darauf, meine Finger auf die abgegriffenen Tasten des alten, verstimmten Klaviers zu drücken, in jener Judenwohnung im Westen Warschaus.

Dein Sohn ist davongekommen, lieber hartnäckiger Papa. Dich aber hat die Musik nicht gerettet.

* * *

Ein Tag mit strahlendem Sonnenschein, in Auschwitz. Es ist der Geburtstag des Kommandanten, wenn sein Wagen durch den Haupteingang zwischen den Wachtürmen rollen wird, müssen wir mit dem zweiten Satz seines Lieblingskonzerts beginnen.

* * *

Wenn die Kommandos, erschöpft von ihrer mörderischen Arbeit, zurückkehren, empfangen wir sie mit einem argentinischen Tango, für den der Kommandant eine besondere Vorliebe hegt: *La Cumparsita*. Und man könnte meinen, sie tanzen zu sehen, diese Hampelmänner mit den steifen

Gliedmaßen. Die Musik beschleunigt ihr Ende, denn sie erinnert sie an ihr Leben vorher und an das, was die Menschheit war.

Ich habe Angst zu sterben. Ich spiele immer besser. Der Kommandant organisiert private Konzerte für seine Gäste. Eines Abends, im kleinen Kreis, mit zwei seiner vertrautesten Freunde, bittet er mich, Zigeunerweisen zu spielen. Sie hören verträumt zu, rauchen Zigarren und lassen sich mit Schnaps vollaufen. Einer von ihnen, ein großer Brünetter mit sanften Augen, beglückwünscht mich mit glasigem Blick.

»Man spricht über Sie in Berlin.«

Zum Schluß wollen sie immer den *Mephistowalzer* hören.

* * *

Der Kommandant ist berühmt für seine klugen Entscheidungen. Wie Salomo, der Recht spricht, entscheidet er immer aufs beste.

Eines Tages streiten sich zwei Offiziere, einer aus Hamburg stammend, der andere aus Köln, um eine sechzehnjährige Geigerin, die sie den Transporten entrissen haben. Sie kommen, um sich dem Schiedsspruch ihres Vorgesetzten zu unterwerfen. Der Kommandant prüft den Rang, dann das Alter, dann das Datum des Beitritts zur Partei. Nichts kann den Ausschlag geben. Ihre Verdienste, mit sorgsamster Genauigkeit abgewogen, halten sich so exakt die Waage, daß der Kommandant die einzig mögliche Entscheidung trifft, auf die sich alle einigen werden. Immerhin ist diese Geigerin Jüdin.

»Aber Herr Kommandant«, empört sich der Hamburger,

»Sie können sie nicht verschwinden lassen! Sie ist eine Virtuosin!« Er wägt die Hände des jungen Mädchens ab. »Ich sehe es genauso«, bekräftigt der Kölner, »eine solche Begabung kann man nicht umkommen lassen … Ich werde sie im ›Gaveau‹ vorführen, wenn ich nach Paris beordert werde. Sie ist wirklich außergewöhnlich.«

»Darum geht es nicht, meine lieben Freunde. Früher oder später hätten Sie beide auf sie verzichten müssen. Wir dürfen nichts zurücklassen. Sie wissen, welche Opfer das erfordert. Dies ist ein Ruhmesblatt unserer Geschichte, das niemals geschrieben wurde und auch nie geschrieben werden wird.«

Das junge Mädchen wird augenblicklich in die Warteschlange zur Gaskammer gebracht.

Weniger als eine Stunde später, als die Türen der Gaskammer für die Leerung geöffnet werden, erwartet die Mitglieder des damit beauftragten Sonderkommandos ein ungewöhnlicher Anblick. Auf dem Berg von Leichen liegt ein junges Mädchen, das schwach atmet. Es ist die Geigerin. Sie wird umgehend, wahrscheinlich in der Hoffnung auf Begnadigung, zum Kommandanten gebracht.

Dieser ist verblüfft. Er vertieft sich in die Betrachtung seiner Stiefel, schließlich befiehlt er den beiden Soldaten, die das Mädchen behutsam in ihren Armen getragen haben, die sofortige Erschießung.

Sie trug eine Tätowierung auf der Schulter. Es war kein Schmetterling. Es war keine Blume. Es war ein Buchstabe. Ein Z. Z wie Zakhor. Zakhor, wie Erinnere dich. Erinnere dich, wie Erinnere dich an mich. Ich erinnere mich an sie. Und diese Erinnerung beißt mich wie eine Schlange.

* * *

Ob ich eine Frau geliebt habe? Ich habe nur eine Frau geliebt. Sie trug einen Namen, den ich nicht aussprechen werde, den ich nicht mehr ausspreche. Er bleibt in meiner Kehle, am einzigen lebendigen Punkt, sie trug einen Namen, der in meinen Fingern widerhallt.

Ob ich für sie gespielt habe? Ich spielte nur für sie, selbst das Glück hatte seinen Namen geändert, um den gleichen anzunehmen wie sie, und Gott sah mich an, Gott, den ich nicht sehen konnte, Gott musterte seine Beute, lächelnd in seiner Allmacht.

Sprechen wir nicht mehr davon. Die Geige ist nicht mein Fach.

* * *

Es war vor dem Krieg. Sie wohnte in meiner Straße. Sie spielte Geige und tanzte barfuß dazu. Zu ihrem zwölften Geburtstag schenkte ich ihr ein Paar Lackschuhe und hielt um ihre Hand an. Sie willigte lachend ein. Sie war ein sehr fröhliches Mädchen. Der Gedanke, einen neunjährigen Jungen zu heiraten, bereitete ihr großes Vergnügen. Als der Sommer gekommen war, veranstaltete sie eine Zeremonie auf dem Land. Sie ließ eine Messerklinge bis zur Weißglut erhitzen und tätowierte mir den Anfangsbuchstaben ihres Namens auf die Schulter. Sie zwang mich, das gleiche bei ihr zu tun.

Ihr Haar hatte die Farbe des Roggens. Es verschmolz mit der Landschaft, mit den Kornfeldern, ihr Gesicht war umstrahlt von den Früchten der Erde. Seit diesem Tag und bis in alle Zeit rief der Anblick von Roggenfeldern ihr Bild in mir wach. Wissen Sie, was aus Roggen gemacht wird? Der beste

Wodka der Welt, jener für Fürsten und Vornehme. Die anderen trinken gewöhnlichen Kartoffelschnaps. Aber die Herren der Erde trinken Roggenlikör.

* * *

Deutsch ist eine Sprache wie ein Wald voller Bäume, alle Wörter sind zu groß. Alle Hauptwörter groß geschrieben! Die Wörter sind mehr wert als die Menschen.

Mich ließen die Nazis, die Uniformen, die Folter und die großen Zahlen kalt. Ich habe tatsächlich unter Mördern gelebt, und das in großem Stil. Aber was soll ich Ihnen sagen? Nach ein paar Monaten forderte der Kommandant mich auf, ihn Heinrich zu nennen. Musik verbindet.

* * *

Die Gerte! Die Gerte! Ich werde gepeitscht wie ein Pferd. Wenn mein Lehrmeister nicht mit mir zufrieden ist, zeigt er mir sein Mißfallen mit einem harten Hieb in die Weichen, um meine Finger zu schonen. Talent war vielleicht bereits vorhanden, aber das Handwerk bekomme ich eingebleut wie Adam, durch die Rippen.

Wenn ich fleißig geübt habe, erhalte ich die höchste Belohnung: ein williges Mädchen, ausgewählt unter den Schönsten der Transporte, dessen Aufmerksamkeiten meine schöpferische Kraft freisetzen sollen.

So bekomme ich durch die Schönheit am Klavier eine Schönheit in mein Bett, die sich sehr dankbar zeigt. Die Musik als Beruf macht mir eine höhere Form der poetischen Beschwörung zugänglich: Eine gut gespielte Sonate läßt eine wohlgesonnene Muse vor mir erscheinen.

Ich muß zugeben, ohne den Einfluß der Nazis wäre ich ein mittelmäßiger Musiker geblieben.

Ich spiele wie ein Tauber, um das Geräusch ihrer Parolen zu begraben, die meine Intelligenz, was mir zur Unehre gereicht, von Mal zu Mal besser versteht. Deutsch geht mir in den Kopf ein, die Musik dieser Sprache, das Bellen dieser Sprache, der Lärm dieser Sprache erfüllen meinen ganzen Schädel, durchdringen mich mit ihrem Geist. Ich verstehe Deutsch. Ich entziffere die Sprache des Teufels, ohne im geringsten darüber nachdenken zu müssen: Sie ist aufgebaut wie eine Phrase von Wagner, Bach oder Beethoven, nach dem gleichen geordneten und gewalttätigen Schema. Ihre Wörter hämmern auf meinen Kopf ein wie Stiefel, nach all den Jahren, die ich inmitten dieser Ungeheuer verbracht habe, ist es soweit, sie haben es endlich geschafft: Ich bin unter deutscher Besetzung.

Mein Spiel beginnt zu näseln, meine Finger fallen wie Befehle auf die Tastatur meines Steinways, ich bombardiere den Saal, in einer Sintflut von Noten führe ich meinen Blitzkrieg, meinen Blitzkrieg eines Genies.

Und sie spenden tosenden Beifall. Ihre Salven klatschender Handflächen ereilen mich in der Blüte der Jugend, ihre verderbten Handflächen, die meine Wurzeln durchtrennen, Klatschen, klatschende Schläge, die mich ins Verderben führen.

* * *

Heute werde ich fünfzehn. Es ist ein besonderer Abend. Heinrich schenkt mir ein Konzert vor vollbesetztem Saal. Wie es sich gehört, beginne ich mit einem Präludium. Als nächstes spiele ich das schelmische *An einen Musikkritiker*, das von mir an einem Abend chronischer Trunkenheit komponiert wurde. Der Saal lacht. Dann lasse ich, wie es das Programm vorsieht, meine zehn mit der Gerte dressierten Finger ein vierhändiges Stück spielen.

Als Kind hatte ich schlechte Noten, als Erwachsener spiele ich falsche. An den falschen Noten erkennt man die wahren Genies: Sie würzen ihre Interpretationen damit, um zu beweisen, daß sie über den Dingen stehen. Die Perfektion der falschen Note, ein reiner Snobismus.

Meine sind enorm, katastrophal, monströs, sie verunstalten mein Talent wie eine infektiöse Akne, sie massakrieren das deutsche Konzert wie ein geheimes Attentat der unsichtbaren jüdischen Armee.

Ich genieße es in vollen Zügen. Verheerende Feuerstöße, die meinen gestiefelten Herren die Ohren zerreißen, schlimmer als die Rußlandfront, ich schmuggele Rachmaninow mitten in einen Bach, das ist das Vorrecht der erhabenen Schöpfung, die organisierte Ausrottung aller Schönheit, deren die Deutschen jemals fähig waren.

Es ist also an einem banalen Abend einhelligen Erfolgs in irgendeinem bekannten Konzertsaal, Berlin, Hamburg, Paris vielleicht, im Pleyel, im Gaveau, wie kann ich das wissen. Berlin, glaube ich. Immer das gleiche Publikum, immer die gleichen Anzüge, Lächeln, geordnetes Haar, ah, ihr Lächeln, selbst mein Klavier mit seiner regelmäßigen Karies ist menschlicher, zwei Schwarze, zwei Weiße, drei Schwarze, manchmal spiele ich auf ihren Nerven, aber wie kann ich das sagen?

Da, genau in dem Augenblick, als ich brillant jenes *Kleine Wiegenlied* beende, durch das ich für meine drollige Ironie eines stets zu Späßen aufgelegten Genies bekannt wurde, höre ich den Schrei dieser Frau, ich höre sie ihren Beifall zu meinem Talent herausschreien, dort, irgendwo in den ersten Reihen, ich höre:

»Bravo! Bravo!«

Diese Frau schreit aus vollem Hals; stehe ich von meinem Klavier auf und gehe hinunter, so bin ich erledigt, in ihrem Schrei höre ich ihre Zähne, nicht minder spitz als dieser Schrei eines zielstrebigen Weibchens, einer Liebhaberin, einer wahnsinnig Verliebten, dieser Schrei, der mir das Geschlecht steif werden läßt wie ein Dirigentenstab.

* * *

Nach dem Konzert läßt man sie zu mir bringen. Schon wieder ein Geschenk. Sie ist schön mit blonder Perücke. In einem Alter, das unmöglich auf diskrete Weise zu schätzen ist, und ihre Kenntnis des pianistischen Repertoires ist für Mädchen dieses Schlages erstaunlich.

Wir verschwinden auf einen vor den Blicken der Füchse geschützten Balkon. An mich geklebt durch den Schweiß, mit dem sie mich in heißer Entschlossenheit beglückt, beißt sie mich ins Ohr und fleht mich an, sie zu nehmen, wie es mir beliebt. Die Frauen stellen sich immer vor, daß wir Pianisten auf ihnen spielen wie auf einem Klavier, aber die Feinfühligkeit der Finger dient meist nur dazu, die Schamlosigkeit des Begehrens zu bemänteln; wenn man viel spürt, ehrt man nur lasch.

Da die Atmosphäre völliger Intimität mir Vertrauen einflößt, beantworte ich ihre biographischen Fragen, die nicht ohne Methode sind, und höre, wie ich ihr alles erzähle, von meinen Anfängen bis zur Gegenwart.

Als ich am Ende angekommen bin, sehe ich ihr Gesicht tränenüberströmt und ihren Blick vor Scham gesenkt. Niedergeschlagen vergeht sie in Schluchzern, wie man es in ihrem Alter nicht mehr tun sollte.

»Was hast du?« fragte ich und schüttelte sie an den Schultern. »Was hast du, so sprich doch!«

* * *

Sie hob den Kopf, ihre Augen flehten, ich weiß nicht recht worum, ich werde nie den Augenblick vergessen, in dem sie zu sprechen begann, ihre Stimme warf Schatten, sie sagte: »Laß mich.«

Ich wollte mehr erfahren, sie erzählte ihre Geschichte, der ich mit halbem Ohr zuhörte, das Unglück der anderen ist stets langweilig.

Mehr offenbarte sie mir nicht, sie hatte nicht genug Zeit dazu, alle Frauen, die sich mir näherten, gingen nach Gebrauch in die Wiedereingliederung.

* * *

»Eines Tages«, sagte Heinrich und sah dem Rauch seiner Zigarette nach, »müssen wir alle in den Himmel aufsteigen. Das ist das Große Naturgesetz. David muß sterben, es ist Goliaths Pflicht, sich von ihm zu befreien, denn Goliath als der Stärkere hat keine Chance, wenn man sich auf den biblischen Text bezieht.«

»Hat unser Tun einen Sinn?«, fragte er sich mitunter. »Unsere Industrie kommt kaum nach. Um aus den Juden Profit zu schlagen, arbeiten wir daran, sie zu erhalten. Wir sichern ihnen einen wichtigen Platz in der Gesellschaft, in Gestalt von Goldbarren, Lampenschirmen, Flöten, Seifen, Knöpfen. Eines Tages werden wir sie zu Büchern verarbeiten.«

»Wir arbeiten für unsere Kinder«, beruhigte ihn ein Anhänger.

»Diese Welt ist absurd«, verzweifelte Heinrich und zog an seiner amerikanischen Zigarette.

»Aber nein«, antwortete der andere. »Sie ist dialektisch. Wenn wir den Krieg verlieren, werden die Juden aus unseren Helmen Siebe machen.«

* * *

Ich brauche die Musik. Den Trost, die Wärme des Orchesters, das seine Instrumente stimmt. Zuerst die Saiteninstrumente, dann die Bläser, die Blechinstrumente. All das bildet eine Dichte. Man kann sich darin ausruhen, indem man für einen Moment die Augen schließt. Aber sobald die Harmonie beginnt, sobald man in die Bemühung eintritt – das weckt meine Seele, das entreißt mir Erinnerungen, das höhlt mich aus. Und ich stammele, immer die gleichen Erinnerungen, in der gleichen Reihenfolge.

Musik tröstet, so heißt es. Nicht mich, sie rächt sich.

* * *

Heute abend spiele ich vor Ihm.

Heinrich hat das alles organisiert, wir lachen über das delikate Paradox der nationalsozialistischen Kulturpolitik, zugleich elitär und schonungslos pöbelhaft, die größten Konzertmusiker für die hohen Kreise der SS und Autodafés für den Rest der Nation. Auf der einen Seite erklingen die Flügel, auf der anderen brennen die Bücher. »Das wärmt sie wenigstens«, scherzt ein Dummkopf.

* * *

Nach dem Konzert kommt Wagner in meine Garderobe. Alle anwesenden Offiziere begrüßen ihn, indem sie die Hacken zusammenschlagen.

Wagner mustert mich, seine kleinen Augen bohren sich wie Klingen in meine und scheren sich keinen Deut um mich, er lächelt mir zu, wenn man seine irre Grimasse Lächeln nennen kann.

»Musiker, ich habe ein Rätsel für Sie ... Zwei Juden sitzen in einem Boot. Beide fallen ins Wasser ... Wer wird sie retten?«

Ich verstehe nicht.

»Ich auch nicht. Aber es ist eine gute Frage, oder?«

Alle lachen laut heraus, während sich der polnische Himmel vollends verzehrt, grauer Atem eines Aschegottes.

* * *

»Sie weinen, Kommandant?«

»Hier weint man nicht. Man hat ein Staubkorn im Auge.«

Zu Beginn unserer Bekanntschaft redete der Kommandant viel. Er redet immer weniger. Er raucht. Er hat die Gewohnheit angenommen, allein in den Wäldern auf die Jagd zu gehen.

Seit jener Zeit rauche ich. Jedes Mal, wenn die Flamme hochschießt, die meine Zigarette entzünden und meine Kehle mit beißenden Partikeln auskleiden soll, beschleunigt sich mein Herzschlag, ich höre die große Trommel des Orchesters.

Ich weine, die Augen zur Sonne gewandt, ihr Brennen erinnert mich an meine Frau, die in Flammen aufgegangen ist, wenn ich ihre Asche küssen könnte, würde ich sie küssen, meine hübsche Frau, die eines Freitags im gestreiften Karnevals-Pyjama davonging, meine Frau, deren Schönheit den Himmel beleidigte.

Meine Frau, ob du es glaubst oder nicht, ich habe deine Tanzschuhe gesehen, die du so liebtest, die ich dir zu deinem zwölften Geburtstag geschenkt hatte, sie thronten auf einem Haufen schäbiger Treter, auf Tausenden von anderen Frauenschuhen.

* * *

Die Schuhe des Pianisten glänzen immer, Lackstiefel, zu blank.

Früher langweilte mich die Schönheit. Inzwischen bringt sie mich um.

Ich breche zusammen, ohne mit der Wimper zu zucken, und meine Nachbarn, dumme, pomadisierte Zuschauer, zischen: Scht! Ich sterbe, und sie zischen scht! Husten Sie anderswo.

Als ich jung war, spielte ich Beethoven wie ein Tauber, trat auf die Pedale ein, schlug auf die Noten ein, voller Grausamkeit. Man mochte meine Grausamkeit. Sie schmeichelte meinen Freunden.

Denn die Nazis, es fällt mir schwer, das zu sagen, waren meine Freunde geworden. Sie nannten mich Wolfgang, im Scherz. »Wolfgang!«, sagten sie zu mir, »spiel uns doch deine Sonate! *Au claire de la lune*!« Und ich gehorchte lächelnd. Seinen Freunden gehorcht man immer.

Der Tag, an dem Heinrich gehängt wurde – ich kann nicht behaupten, ich hätte geweint, das wäre zuviel der Ehre, aber etwas wie das Gefühl, daß eine Epoche zu Ende ging, schnürte mir die Kehle zu.

* * *

Wagner:

»Ich höre nicht mehr gut seit dem Attentat im vergangenen Jahr. Diese unverschämten Kerle haben mir die Trommelfelle zerstört. Wissen Sie, wie sie ihre Verschwörung zu nennen gewagt haben? Operation Walküre. Nun, spielen Sie. Ich höre es nicht, aber ich stelle es mir vor. Das ist besser so: Die Musik quälte mich.«

Das letzte Konzert in der Berliner Oper. Die Russen stehen vor den Toren der Stadt. Wagner hat darauf bestanden, seinen Generalstab zu einer letzten Zusammenkunft zu berufen, als wäre nichts. Aber die hohen Würdenträger verlassen einer nach dem anderen den Saal, um aus Berlin zu fliehen. Diejenigen, die bleiben, tun so, als hörten sie dem Orchester zu: All ihre Gedanken sind auf den Ausgang gerichtet. Wagner scheint überhaupt nichts mehr zu bemerken. Er nimmt viel Morphium in letzter Zeit.

»Das erste Mal, als sich ein Mensch aufgerichtet hat, hat er die Vorgeschichte verlassen, um in die Geschichte einzutreten. Sehen Sie, Geschichte ist Größe. Darum liebe ich die Musik so sehr. Sie verleiht mir die Lust, mich zu erheben. Ihnen nicht? Was wird bleiben, was wird man behalten aus der Geschichte Deutschlands? Wilhelm II.? Bismarck? Nein. Man wird Wagner behalten. In fünfzig Jahren, in ein, zwei, drei Jahrhunderten wird man meinen Namen nennen und dabei erzittern.

Alle werden von mir reden hören, und alle werden sich von mir reden hören, ich werde Christus überlegen sein, alle werden meine Botschaft annehmen, und alle werden meine Botschaft weitertragen, ich werde über Christus stehen, denn meine Botschaft ist nicht die der Liebe, meine Botschaft ist die der Größe, und alle verehren die Größe, und alle handeln der Liebe zuwider. Christus ist gestorben, weil er der Größe zuwiderhandelte. Er hat sich geweigert, König zu sein. Das verzeihen die Menschen nicht. Sie bewundern nicht die Opfer. Ich werde nicht gekreuzigt sterben wie ein Dieb oder verrecken wie ein Hund. Ich werde nicht sterben wie ein Schwächling. Ich werde mit Größe sterben. Und darum werde ich niemals sterben.«

»Die Russen kommen.«
»Sehr gut. Machen wir ein Ende.«

* * *

Man hat mich als Opfer des Nationalsozialismus dargestellt, aber korrigiert Nürnberg, revidiert mich! Ich bin ein unmenschlicher Verbrecher, ein Stück Vieh vom Markt, ein Kriegstier.

Ich habe Wagner überredet, mir die Hände abzuschlagen, als ich Offiziere gesehen habe, die mit fehlenden, erfrorenen Fingern von der Rußlandfront zurückkamen, da ist mir die Idee gekommen.

»Warum, zum Teufel, willst du, daß ich dich bestrafe, Musiker? Du trägst keine Schuld«, sagte er mir.

»Da täuschen Sie sich. Der Anschein spricht gegen mich, aber ich trage Schuld an allem. Ich bin eine lebende Beleidigung im Angesicht der Schönheit. Ich entstelle sie, indem ich sie Ihnen darbiete, ich verrate sie, mache sie zur Hure, ich biete sie Ihnen auf einem Tablett, Sie schlürfen sie wie eine Auster, und ich schäme mich, ich habe das gesamte Repertoire geplündert, das deutsche, das jüdische, das der Zigeuner, das russische, das universelle, es ist meine Heimatstadt, die ich dem Eroberer ausliefere. Sie zerstören, plündern, vergewaltigen, töten, kreuzigen und vergasen, ich kann nichts dafür, aber ich fühle mich schuldig.

Ich weiß, daß Sie mich schätzen, also gestatten Sie mir, Sie um diesen Gefallen zu bitten: Gewähren Sie mir das Schicksal, das der römische Kaiser den Dieben auferlegte.«

Wagner mochte mich sehr. Bei der Gefühlsseite gepackt, konnte er mir die Gunst, um die ich ihn bat, nicht abschlagen. Er befahl, mich zu verstümmeln und zu hängen, genau in dem Moment, wenn er sich mit seiner Gemahlin zu einem pharaonischen Abgang zurückziehen würde.

* * *

Wenn ich mich weigerte, mich ans Klavier zu setzen, oder wenn ich aus Widerspenstigkeit eine falsche Note nach der anderen spielte, wurde mein Vater von Zorn gepackt, würgte mich und ließ mich mit violettem Gesicht wie tot mit dem Kopf auf der Tastatur liegen.

Dann stieg die denkbar schönste Musik auf, durch irgendeine mir unbekannte Reaktion des Hirns auf den Sauerstoffmangel, ich hörte die Engel singen, die als Kundschafter gekommen waren, um an meinem Atem zu schnuppern und mich zu betören wie Sirenen. Es war die süße himmlische Harmonie, der zauberhafte Gesang der Erdrosselten, den ich in meinem ganzen Erwachsenenleben nur ein einziges Mal gehört habe. Jetzt, ich werde gehängt.

* * *

Man hat mir an einem schönen Frühlingstag die Hände abgeschlagen. Die russische Armee kam, oder vielleicht die amerikanische. Jazz und Bolschoi erklangen in Berlin.

Ein amerikanischer Soldat aus der Großen Befreiungsarmee, die in der Normandie an Land gegangen und durch die Ardennen marschiert war, schnitt mich von meinem Ast ab und überließ mich *in extremis* dem unendlichen Schuldgefühl.

* * *

Kennen Sie die Müdigkeit dessen, der es bedauert, sich überlebt zu haben?

Meine abgeschlagenen Hände spielten herrenlose Hämmer. Mit meinen Stümpfen, ade die Feinheiten von Chopin und die Triller von Mozart. Es gab zwar Ravels berühmtes *Konzert für die linke Hand*, aber das war immer noch eine zuviel. Man hätte die Mittellosigkeit noch weiter treiben und sich auf die ausdrucksvolle Stille auf höchstem Intensitätsniveau verlegen müssen. Aber die Stille ist nur ausdrucksvoll, wenn sie hier und da durch Klänge unterbrochen wird, so wie die Hände nur zu begreifen sind, wenn sie hier und da durch Finger unterbrochen werden. Wenigstens mußte ich keine mehr schütteln.

Man fertigte Prothesen für mich, damit konnte ich zum Staunen meiner Ärzte beinahe Bach spielen. Eine gewisse Steife in den Fingern hinderte mich daran, mich je an einen anderen Komponisten für nicht-mechanisches Klavier zu wagen.

Ich mußte mich also auf die zeitgenössische Musik verlegen und meine Behinderung als die freie künstlerische Wahl eines genialen Vorreiters darstellen. Meine Konzerte wurden zu »Happenings«, sie wagten nicht mehr, ihren Namen zu tragen, und so erfand ich die sogenannte stochastische oder Willkür-Musik, nicht mehr wirklich harmonisch, kaum noch akustisch, Beethoven war taub und außerdem im Grab, um so besser für ihn.

Ich schlug meine Tastatur wie eine Frau mit ausholenden Schlägen meiner Stümpfe, was die Macht hatte, den Saal erschauern zu lassen, der sich meinen Schmerz ausmalte, doch ich spürte nichts, manchmal Zorn.

* * *

Eines Tages sah ich einen Geist. Die Frau mit der blonden Perücke meines fünfzehnten Geburtstags. Immer noch schön. Sie wartete in der Schlange vor der Tür zu meiner Garderobe. Wie hatte sie überlebt? Ich gab ihr keinerlei Zeichen, als ich an ihr vorbeiging, und schloß mich mit zwei Bewunderinnen ein.

Eine Stunde später war sie verschwunden. Mein Sekretär sagte mir, eine Frau habe einen Brief für mich dagelassen. Er öffnete ihn, um ihn mir vorzulesen. Der Brief war sehr kurz. Er bestand aus zwei Sätzen, über die ich lange nachdenken mußte, bevor ich ihren Sinn erahnte.

»Dein Gesicht hat er nicht. Aber er hat deine Hände.«

* * *

Meine Hände fehlen mir. Das Leben ist schlimmer als der Schlaf, ein Alptraum ohne Überraschungen, in dem ich versinke. Die Stille kommt wieder. Ich bereue nicht alles.

Ich träume, daß ich mein Klavier auf dem Rücken trage, ich erklimme ein Golgatha aus Leichen in gestreiften Pyjamas, angehäuft wie die Noten in einer russischen Sinfonie, auf dem Gipfel spielen Uniformen Würfel und warten auf mich. Sie nageln mich an mein Instrument und schauen mir zu, der ich mich dort hinein entleere.

Ich träume, daß ich spiele. Die Tasten verwandeln sich nach und nach in Finger, die versuchen, die meinen zu fangen und mich in die Klaviatur zu ziehen. Mein Spiel wird immer schneller, um das Gefangenwerden zu vermeiden.

Ich habe Fieberanfälle, und ihr kommt zurück, um mich zu holen, ihr seid im schwarzen Regen, ich sehe eure Gesichter nicht, ich habe sie nie gesehen, aber ihr hattet keine, ich bin unter den Millionen, wir werden Milliarden sein.

Ich träume, daß ich erwache.